魔法少女ミア
狂愛と搾精に溺れる乙女
小説 下山田ナンプラーの助
挿絵 露田米

登場人物紹介
Characters

音羽冥愛《めあ》
詩愛の姉で、詩愛への歪んだ愛情だけが行動原理の少女。身体を触手に変身させることができる。

音羽《おとわ》詩愛《しあ》
魔法少女だった姉との再会を夢見つつ、人間のために魔人と戦う魔法少女。誰に対しても優しい純粋な女の子。

クロケル
詩愛に魔法少女の力を与えた黒い兎のような使い魔。どんな時も詩愛の味方になってくれる頼れる相棒でもある。

第一章　姉との再会、迫る狂愛

「こっちだシア！　魔人の気配がする！」

「うん、わかってる！」

一人と一匹が、夜の街を疾走する。

人間の方は学生服を身にまとった年若い黒髪ショートボブの美少女で、彼女に追従する猫ほどの大きさの黒毛の生き物は羽根もなく空中を浮遊していた。

中等部生くらいに見える少女だが、運動をやっているようには見えない走り方の割にその足は妙に速い。

風を巻いて駆け抜ける彼女に、すれ違う人々は驚いて振り返るもその頃にはすでに少女の姿は小さな点となって闇に消えている。

人通りの激しい往来から離れ、少女がたどり着いたのは町はずれの工場跡。

明かりもなく無駄に広く、音がやたらと響くその空間内で、制服少女は足を止めて呼吸を整える。

彼女に遅れてやってきた、ふわふわの黒毛に赤目でウサギのような耳を持つ愛くるしい姿の生き物が口を開いた。

「誘い込まれている。油断しないで」

「だいじょうぶ。ここなら人も巻き込まないし――」

それに対する少女の答えは、轟音にかき消され。

瓦礫を突き崩し、何かが突如として廃工場内で暴れ出し。

少女を前に、人ならざる巨体が咆哮《ほうこう》する。

「ァアアアアァッ！」

空間を震わし、大地を裂く声量。

その声に誘発されたのか、同じような異形の巨体がもう二体工場内で暴れ出す。

「グ……ア、アァアアア！」

「殺す……犯す！」

魔人、とそれらは称された。

この世のものとは思えない叫び声を上げながら、巨躯を駆って少女へ向かっていく三体の異形生命体。

三倍以上の身長差があるにもかかわらず、魔人を前にしても学生服の少女は動じない。

静かに目を閉じ、七色に輝くブレスレットをはめた右腕を高く掲げて。

「魔力……解放！」

そう叫ぶや否や、夜を昼にするかのごとき眩い光に彼女の身体が包まれ学生服は消失し、
中等部生徒にしては発育の良い肢体があらわになる。

だがそれも一瞬で、あっという間に少女は白を基調にピンクを差し色とする華美なコス

チューム姿となり、素朴なイメージの黒髪ショートボブは桃色に変わって少し伸び髪飾りが現れ、一転して可愛らしいツーサイドアップへと変わった。

さらに少女の頭上、何もなかった空間から突如として輝く円環が現れる。

まるで魔法のステッキを長く伸ばして輪にしたような、星やハートマークの意匠が見られる直径一メートルほどのそれは、体操などで使われるフープを思わせる。

そんな魔法のフープが少女を囲うように下りてくると、少女はそれを腰で軽やかに回した後、敵となる魔人へビシッと向けて名乗りを上げた。

「魔法少女シア、参上っ！」


日本は近年の著しい環境変化と大気汚染に伴い、大都市圏を中心として目に見えない物質が空気中に滞留するようになった。

現代科学では認識もできないその物質は、特定の人間および動物と反応し対象に変化をもたらす。

変化は対象によって細部が異なるが、共通する点は体躯《たいく》が大きくなり、それに伴い膂力《りょりょく》が数倍に増すほか、魔力という非物理的な力を行使する個体も現れる。

さらに理性が薄れ、破壊や快楽を求める動物的な行動がみられるようになる。

人や動物を凶暴化させ、周囲に危害を与える未解明なその物質は「魔」と呼ばれ。

魔が人と反応すれば「魔人」に、動物と反応すれば「魔獣」となる。

魔人・魔獣は一般人には視認できず、彼らが暴れていても「謎の怪奇現象」として認知されるにとどまっていた。

今はまだ限定的な範囲での被害だが、このまま放っておけば大変なことになってしまう。

しかしながら、そんな魔人・魔獣に対抗できる存在がいなかったわけではない。

魔は決して、負の側面だけを持つ物質ではなかった。

数は少ないが、極めて純真無垢な心を有する若い少女と反応することで対象に強い魔力を与え、魔人を認識でき、彼らに打ち克《か》つ存在へと昇華させる。

魔をもって魔を滅する少女、すなわち魔法少女として。

――と、「契約」の折に少女はそう聞かされた。

彼女は普段こそ学園の中等部に通っている、大人しそうな見た目で心優しい少女だが、こうして魔人の気配を探知した際には華々しいコスチュームに身を包み邪悪を打ち破る。

黒い小動物の姿をした愛くるしい使い魔を従属させ、自らの魔力を解放させて魔人と戦う存在。

少女の名は音羽詩愛《おとわしあ》こと、魔法少女シア。

「アアアアッ！」

「待ってて、いま元に戻してあげるから！」

破壊衝動と性衝動のまま、三体がかりでシアへ襲い掛かってくる魔人たち。大きく跳んで彼らから距離を取りつつ、シアは空中で身体をひねってフープを振り抜くと、そこからは幾筋もの光が弧を描きながら魔人へ飛んでいき命中し弾ける。

大きなフープを華麗に可憐に振り回し、二度、三度と魔人たちへ攻撃を重ねていくシア。

一体目が倒れ、二体目もうめき声を上げて地に伏せる。

しかし最後に残ったひときわ大型の魔人は何発もの光を浴びながらも強引に突進し、大木のごとき腕を振り下ろす。

「危ない！」

「くう……っ！」

使い魔が声を上げ、シアはフープを正面に向け輪の部分から魔力の円形障壁を形成する。

衝撃が地面を陥没させるほどの重い一撃だったが、シアの魔力壁はそれに持ちこたえ魔人を押し返した。

「今だ、シア！」

「うんっ！　魔力……最大解放！」

フープから防御魔法を消し去り、そのまま円の中に魔人の姿を入れるよう空中で留め置き、魔力を溜めて一気に放つ。

直径一メートルほどの太い七色のビームは、隙を見せた魔人に至近距離で直撃。

「ウ……グァアアアア！」

低くおぞましい悲鳴を上げ、三体目の異形魔人も吹き飛ばされて動かなくなった。

これで、脅威は退けた。

しかし魔人は頑健であり、ここで放っておけばすぐに回復してまた暴れてしまう。

そのために、シアは倒れる敵に駆け寄って。

まだわずかに息のある魔人の上から、自らの武器である魔法のフープをかざして静かに言葉を紡ぐ。

「魔力……封印」

とたん、フープから優しい光が魔人に降り注ぎ、入れ替わるように彼の身体から黒ずんだ瘴気のようなものが発生し霧消していく。

シアのもつ純粋な「魔」を魔人の穢れた「魔」と相殺させ、彼から魔を切り離して元の人間に戻したのだ。ついでに回復魔法もかけ、先ほどの戦いで負った傷も治癒する。

これで男性は元通り、人を襲うこともない。

「もう大丈夫、ですからね。……クロ、お願い」

シアはそばで浮遊する黒い使い魔に命じると、ファンシーな生き物はうつぶせの男性の頭に前脚を乗せ、一瞬だけ緑色の光を放つ。

これは「クロ」と呼ばれたシアの使い魔が持つ能力で、対象の記憶の一部分――魔人となってから今までの――を消去しているのだ。

この記憶干渉を行うことで、目が覚めた人間は魔人だった頃の記憶を失う。

元の人間に戻った際に彼らが良心の呵責に押しつぶされての自殺を図ることなどを防ぐためであり、シアの存在を秘匿する目的もある。

残る二体の魔人にも同じプロセスを踏み、彼ら全員を元の人間に戻すことに成功した。

「……うん、全員後遺症が残った様子もないね。記憶の消去は終わったよ」

「ありがとう、クロ」

使い魔に礼を言って、ふわふわの頭を撫でるシア。彼は気持ちよさそうに空中でクルリと身をよじった。

それから、ガラス玉のような大きな赤い目を見開いて今の戦いについて言及する。

「それにしても、相変わらず危なっかしいね、君は」

「う……ちょ、ちょっと油断しただけだもん」

おそらく先ほどの魔人に不用意に接近を許したことを咎《とが》めているのだろう。シアは母親に注意される子どものように口を尖らせた。

「君のお姉さんはもう少し間合いを意識して、窮地に陥ることなく戦っていたけどね。まあ、君も強くなってはいるけど、そういうところがまだ――」

「……ねえ、クロ」

そこである単語に反応した魔法少女はうつむいて、小さな声で零す。

「お姉ちゃんは……きっと生きてるよね」

「生死不明ってだけさ。イエスともノーとも言えない」

「ううん、きっと生きてる」

いつもの問答が始まった。

魔法少女として戦うたびに、シアは使い魔にほぼ必ずこの問いを投げかける。

問うというよりは、自分自身に言い聞かせるように。

「生きてるん、だもん」

シアこと音羽詩愛は幼い頃、真夜中に家を襲撃した魔人によって両親を殺害されている。

その際自分を守ってくれたのが、姉である音羽冥愛《めあ》だった。

動揺し涙すら出なかった幼い自分を泣きながら強く抱きしめ、かけてくれた姉の言葉は今でも覚えている。

――大丈夫。詩愛だけはお姉ちゃんが、何があっても守るから。――

――どんな罪を犯してでも、詩愛だけは守ってみせるから。――

その言葉通りに、冥愛はたった一人で詩愛を守り続けてきた。

親がいないことをクラスメイトにからかわれた時も守ってくれた。

姉妹ともども親戚に引き取られそうになった時も、妹は自分が守ると言ってくれた。

詩愛はそんな冥愛が好きで、愛しくて、ずっと一緒にいたいと思っていた。

お姉ちゃんさえいれば寂しくない――それが口癖のようになっていた。

だがそんな姉は、六年前に忽然《こつぜん》と姿を消し。

――初めまして、音羽詩愛ちゃん。ボクはクロケル。使い魔だ。――

入れ替わるように自分の目の前に現れたのが、見たこともない喋る生物。

姉の失踪に消沈していた詩愛に、可愛いけれど胡散臭い「使い魔」はこう語った。

——君のお姉さん、音羽冥愛は生死不明となった。

お姉さんは魔法少女で、君のご両親を殺害した魔人たちを倒す存在だった。あの夜に彼女は目覚めたんだ、君を守るためにね。

それで彼女は今までも、君が眠っている間に家を出て魔人と戦っていたんだ。

しかし先日の魔人との戦いのさなかに建物の下敷きになり、魔力の反応もみられない。

やむなくボクは冥愛との契約を破棄し、彼女と同じ血が流れている君のもとにやってきたんだ。

詩愛ちゃん、君にも魔法少女になれる素質はある。

血筋のこともあるけれど、それ以上に魔法少女は心優しい女の子にしかなれない希少な存在なんだ。

だから今、魔法少女になれるのは君しかいない。お姉さんの意志を継いで、この世界を魔人から守ってほしいんだ——と。

いきなりそのようなことを言われても困るし理解が追いつかなかったが、結果として詩愛はクロケルとの契約を交わし、魔力を分け与えられ魔法少女となった。

姉は死んだわけではない、きっとどこかで生きている。

それだけを胸に、彼女がそうしていたように自分も戦うことが使命だと思ったから。

そうして今日まで、シアは戦い続けている。

「……瓦礫を撤去しても、お姉ちゃんの遺体は見つからなかったんでしょ?」

「そうだね」

「なら、きっとどこかで元気にしてるよね」

「六年経っても君のもとに姿さえ現さなくてもかい？」

「生きてるよ。お姉ちゃんは、ぜったい」

意固地になって話を聞かないシアに「まあ、可能性はゼロじゃないさ」と無難な言葉で会話を終わらせる「クロ」ことクロケル。

シアは優しくて純粋だが、その一方で頑固なところもあり、とりわけ姉のことになるとそれは顕著だった。

クロケルも分かっているため、それ以上の会話をしようとはせず「帰ろうか」と提案する。

変身を解き、元の姿に戻った詩愛も「うん」と頷いた。

（お姉ちゃん、きっと生きてるって信じてるから）

最愛の姉が帰ってきてくれた時に、自分も守られるだけの存在ではないということを。

立派に大きくなったところを見せて、安心させてあげないといけない。

（だから、わたしも頑張れるんだよ）

そのために、今日も明日も詩愛は魔法少女シアとなって戦うのだ。

「……ふうっ、これで魔人は全員封印できたかな？」

「お疲れ様、シア。上々だね」

この日も魔人の気配を察知したクロケルによって、シアは魔法少女としての使命を果たすべく戦っていた。

途中やや危ないところもあったが、四体の魔人を倒し魔力封印を行い元の人間に戻して記憶の消去まで滞りなく完了したところで、シアは黒髪ボブの学生服姿に戻る。

これでまた一歩、魔人のいない平和な世界に近づけることができたはず。

(お姉ちゃんが帰ってきたら、わたしのこと褒めてくれるかな)

「さ、帰ろっかクロ。今日は寒いからシチューに……」

そんなその場の充足感といつか訪れる期待感に包まれながら、使い魔に笑顔で振り向いた、その瞬間。

詩愛の表情がこわばり、動きも一瞬だけ止まる。

彼女の視界の先に一瞬だけ映った、長い黒髪の女性――。

「どうしたんだい、詩愛?」

「お姉……ちゃん?」

すでに角を曲がって見えなくなっているが、あの髪とシルエットは見まごうはずもない実姉のものだった――気がする。

そう思ったら、もう止まれなかった。

「今の、絶対お姉ちゃんだった！　わたし、追いかけてくる！」

「ああっ、待ってよ詩愛！　まったく、これまでも何度人違いしてると思ってるんだい」

あの後ろ姿は自分の最愛の姉、冥愛のもの。

そうと確信した詩愛は、地を蹴って彼女を追うべく駆けだしていった。

例によって話を聞かない少女に呆れながら、クロケルも低空飛行でついていく。

「お姉ちゃん！　お姉ちゃん！」

「本当に冥愛なら自分から家に来るんじゃないかい？　人違いだと思うけど」

「そんなことない！　絶対お姉ちゃんだもん！」

横で至極まっとうなことを言うクロケルに若干の苛立《いらだ》ちを覚えつつも、詩愛はどこかを目指して歩いていく姉を追走し。

やがて姉と思しき彼女は黒髪をなびかせながら、街のはずれの低層廃ビルへと吸い込まれるように入っていった。

「こんなところに彼女は何をしに行くんだい？　なんだか嫌な予感が……あっ、詩愛！」

すでに取り壊しが決まっているビルで、テナントも一軒も入っていない。

明らかに入る意味のない建物に入っていった冥愛らしき人物を追って、詩愛もためらわず中へ入っていく。

そして、ついに彼女の姿を捉えて叫んだ。

「お姉ちゃん！」

「……詩愛？」

廃ビル二階の何もない空間に佇《たたず》む黒髪の美しい女性。

彼女は声をかけられ振り向くと、そこに詩愛の探し求めていた姉の顔があった。

腰までの長い黒髪に、落ち着いた感じを漂わせる大人の女性としての美貌。

六年経っていても一目で分かる、最愛の実姉。

「お……お姉ちゃぁあん！」

感極まった詩愛は姉のもとへ駆け寄っていくと、冥愛は腕を広げて妹を抱き返した。

「お姉ちゃん……やっぱりお姉ちゃんだぁ」

「詩愛……まだこの町に残っていたのね。それに大きくなって……お姉ちゃん、嬉しいわ」

「うん、うん……お姉ちゃんが帰ってくるときに迷わないように、わたしずっとあの家にいたんだから」

涙で前が見えない。

六年もの間、無事を信じて戦いながら待ち続けた最愛の姉が今、自分の目の前にいるのだ。

姉の体温、声、身体の柔らかさを感じながら、詩愛は子どもの頃のように冥愛に甘える。

「うぅ……お姉ちゃぁああん」

「もう、大きくなっても甘えたがりなのは変わらないの……って、あら？　クロケル」

抱き着く妹の背を優しくさすってあやす冥愛だったが、ふと少女の横にフワフワと浮いている生き物がいることに気づく。

詩愛の使い魔であり、一般人には見ることのできない存在を。

それを見て、冥愛は瞬時に悟ったようだった。

「そう、あのあと契約を破棄して詩愛と……なるほどね」

「久しぶりだね、冥愛。使い魔からの一方的な契約破棄は苦渋の決断だったけど、無事で何よりだ」

(そっか、クロはもともとお姉ちゃんの使い魔だから……見えてるのも当たり前かぁ)

契約を解消していても、一度交わした冥愛にはクロケルが見えているのだろうと詩愛は納得する。

「同じ血が流れているものね。それじゃあ今は詩愛が私の代わりにこの街を守る魔法少女になったということなの……ふふっ、立派になったのね」

「いや、魔法少女としてはまだまだ冥愛に及ばないよ。なんなら君と再契約したいくらいさ」

「もー！　クロってばひどいよ！　今日だってちゃんとやれたもん」

しばし、二人と一匹の和やかな会話が廃墟内で交わされる。

そうしてひと心地ついてから、詩愛はようやく不自然な点に気づく。

「……でも、なんでこんなボロボロのビルの中に入っていったの？」

あからさまな廃ビルで、打ち捨てられて何もないただ広いだけの空間に冥愛は何をしにやってきたのかと。

「なんでって？　……ふふ、それはね──」

「っ、きゃああっ！」

が、冥愛がその理由を言い終わる前に。

唐突に詩愛の脚が、何かに搦《から》め捕られた。

子供の腕ほどもある太さに、ナメクジのようなヌルヌルした不快感。

（しょ、触手⁉　魔人の……）

足先に絡みついた触手は、そのまま朝顔のツルのように詩愛の健康的に肉のついた脚を螺旋状に絡みつきながら上ってがっちりと下半身を掴み身体の自由を奪う。

その上で、冥愛は動けない詩愛へゆっくりと近づきながら言った。

「──人気《ひとけ》のないところに、あなたを誘導したかったからよ」

「えっ……」

とたん、背後から汚い咆哮とともに何かが襲い掛かった。

それが魔人のものであると察知した時には、詩愛は上半身もタコのような触手に搦め捕られてしまう。

「ふふっ、後ろがガラ空きなんだから。魔人の気配にも気づけないほどお姉ちゃんに夢中だったのね？」

そしてそのさまを見た姉は、さも嬉しそうに暗い笑みを湛え胸の前で手を組む。

「くっ、うぅ……」

「無駄無駄。俺の触手に捕まったら魔法少女だって抜け出せないぜ、なあメア様？」

醜い顔で触手を操る魔人は、年若い少女の全身をねちっこく締め上げて下劣な笑みを浮かべる。

力は強く、身をよじっても撓《たわ》みすらしない。クロケルが必死に触手に噛みついて引っ張り、なんとか戒めを緩めようとするがそれも効果がない。

だがそれよりも詩愛を驚愕《きょうがく》させたのは、この魔人と冥愛が共謀しているかのようなやり取りを見せたことだ。

実の姉が、魔法少女であったはずの彼女が、どうして魔人などと結託してこのような――。

「ど、どうして……!?　どうしてなの、お姉ちゃん……っ」

「冥愛！　どうして詩愛にこんなことするんだい！」

一人と一匹が詰問するも、黒髪美女は表情を崩さない。

それどころか異様に滑らかな口調で、滔々と語り出す。

「お姉ちゃん、ずっと見てたわ。詩愛が魔法少女になったのも、今日まで魔人を倒してきたのも、学園で頑張って勉強と部活に打ち込んでいるのも、詩愛が朝起きてから夜眠るまで毎日毎日ずっとずっとずっと一番近くで見ていたのよ」

「な、なに言ってるの……？　お姉ちゃんは六年も前にいなくなったのに」

「それでようやく準備が整ったの。詩愛をお姉ちゃんのものにするための準備が、その身体が大きくなって快楽が芽生え始めたこの時を……うふふっ」

妹たちの疑問に答えていないし、会話も成立していない。

正気を失った瞳で、延々と一方的に語り続ける冥愛に、詩愛は彼女が自分の姉ではない別の何かではないのかとすら思ってしまう。

「胸もお尻も大きくなって、女らしい身体になって……男子のいやらしい視線に気づいて身体が熱くなったり、オナニー覚えて眠れない夜にくちゅくちゅしたりしたでしょ？　そういった性徴の兆しこそ、詩愛がお姉ちゃんのものになる準備を整えた証……だからこうしてこっちも準備を終わらせて、詩愛のことを食べちゃいにきたの……ふふっ」

「な、なに言ってるの、おかしいよ！　お姉ちゃん、どうしちゃったの？」

目の前で拘束された妹に冥愛はゆっくりと手を伸ばし、その身体に触れる。

明らかに正気でない濁った赤色の瞳をきらめかせ、細い指で妹の発育途上の肢体を撫でまわしていく冥愛。

「ああ詩愛……可愛いわ、またこの手で触れる日をずっと楽しみにして……」

だがふと、彼女の指と言葉が止まる。

今なお妹の身体にまとわりついて彼女の動きを止めていた触手使いの魔人の存在に気づき、そこで露骨に美貌を憎悪に歪め。

「あら？　なにかしら、この――――汚物は」

次の瞬間、氷のような声とともに彼女は詩愛へ向けた指先から黒い稲光のようなものを放って触手だけを焼き焦がした。

腕がちぎられた痛みで悲鳴を上げ、転げまわる触手魔人。

「グエエ……！　め、メア様、な、なんで……」

「それはこっちのセリフよ？　どうして汚い触手《て》で、汚い手で、私の可愛い可愛い妹に触っているのかしら？　ねえ？」

彼女の手にはいつの間にか、ドス黒い魔力を放つステッキのようなものが握られている。

その先端から魔力の刃が形成され、園芸で使う鎌のような形状となり、冥愛は倒れている触手魔人に何事か淡々と言いながら、何度も何度も何度もその刃を振り下ろす。

「ダメねぇ、大事な妹に汚い触手で触って。死ななきゃね。死なないといけないわよね？　だって私の大切な、大切な宝物を汚したんだもの。そんな許されないことしておいて、生きていられるはずないでしょう？　ほら、死になさい。死になさい。早く死になさい？　死、に、な、さい？」

「………」

詩愛とクロケルは、そのさまを呆然《ぼうぜん》と見ていることしかできなかった。

やがて魔人は悲鳴すら上げられなくなり、ただなされるがままに斬られ刺され、とうとう動かなくなった。

あまりの残虐無道ぶりに、絶句してしまう詩愛。

彼女の心情を代弁するかのように、クロケルが口を開く。

「冥愛、君と魔人の会話から察するにコレは君が従えていた手駒だったはず……それをあんな不条理な理由で残虐に殺すなんて……」

自分で詩愛を捕らえるように命じてここまで誘導しておきながら、いざ捕らえたら理不尽に虐殺する。

明らかに精神が異常で、そこに詩愛が抱いていたかつての優しい姉の姿は欠片もない。

「魔人を殺したら、当然魔力封印で元の人間に戻すこともできない。魔法少女の使命に悖《もと》る残忍な行為だ。冥愛、君はいったいどうしてしまったんだ？　ボクとの契約を破棄してから何があったんだい？」

「うふふふ……私は何も変わっていないわクロケル。妹が好きで、大好きで、詩愛のためなら何でもしてあげるお姉ちゃん……それが私、音羽冥愛。そうでしょう？」

（どうして、どうしてどうして⁉　なんでこんなことに、何が起こってるの⁉　わかんない、もうわかんないよ！）

いくら六年も生死をかけて戦ってきたとはいえ、詩愛はまだ十代の若い少女。

不測の事態に耐えられるほど精神は強くなく、触手から解放されても混乱と動揺で依然として身動きが取れない。

そんなとき、横でクロケルが重々しく言う。

「……詩愛、きっと冥愛は長きにわたる戦いと消息不明の期間を経て、体内の『魔』が穢れて魔法少女から魔人になりかけているんだ。行動や考えがおかしいのはそのせいに違いない」

「そ、そんな！　どうしたらいいの⁉」

「戦うしかない。戦って冥愛を倒して、魔力封印で正気に戻すんだ」

その一つしかない選択肢は、詩愛にとって重くのしかかるものだった。

魔法少女として、ようやく会えた姉と戦うなど。

しかし、それ以外に方法が見当たらない。

「……わかったよ。わたしがお姉ちゃんを元に戻すからっ！」

相棒の助言でやるべきことを見出した詩愛は、姉を振り払って距離を取り。

自らを眩い光で包み、可憐なコスチューム姿になり自分を囲う魔法のフープを両手で掴んで構える。

「魔力解放！　魔法少女シアア、参上っ！」

「ふふっ、詩愛の魔力解放……この目で見るとやっぱり可愛いわ、私の最愛の妹の変身姿……でも、私と戦おうなんて、お姉ちゃんに盾つこうなんて、お姉ちゃんそんな詩愛知らないなぁ。お姉ちゃんに逆らう悪い詩愛はお仕置きしなきゃ……うふふ、そうよね詩愛、だからちょっとだけ、ちょっとだけ痛くしちゃうわよ……あはははっ」

異様なほど滑らかな口調とともに冥愛の身体をドス黒い光が包んでいき、彼女の豊満な肉体が一瞬だけあらわになってすぐにコスチュームがそれを包む。

「ふふふふ……魔力、解放！　魔法少女メアア、現前《げんぜん》！　あははははは！」

当然というべきなのか、冥愛もまた魔力を解放して魔法少女に変身する。

豊満な肢体を面積の少ない妖艶な黒い布で覆い、黒髪には赤が混じって濁った血を思わせる禍々しい色に変貌《へんぼう》した。

手に持っていた小さな鎌はみるみる巨大化し、漫画などで死神が持っているような大鎌へと変貌する。

さっきは変身前ということで小型だったが、こちらが魔力解放に伴い本来の形になった魔法少女メアとしての武器なのだろうとシアは肌で理解する。

「お姉ちゃんと戦うなんて……でもこれもお姉ちゃんの中の悪い『魔』のせいなんだ……！」

おぞましいほどの魔力の奔流《ほんりゅう》。

とても自分の力でなんとかなる気はしないが。

「待っててお姉ちゃん、すぐ元に戻してあげるから！」

「うふふ、あはははは！　悪い子ねぇ詩愛、いいえ魔法少女シア……お姉ちゃん、ちょっぴり怒っちゃったわよぉ……！」

戦うしか、ない。

自分の力で、この不気味に笑う姉を正気に戻すのだ。

シアは大きく後ろに飛ぶと、フープを振り抜いて何本ものビームを飛ばす。

それらは立て続けに命中し、廃ビルを揺るがすほどの打撃を与えるが。

「ふふっ……この程度なの？　お姉ちゃん、がっかりだなぁ。大口叩いておきながらこんな威力の魔法しか出せないの？　お姉ちゃんを失望させないで、お姉ちゃんに成長したところ見せてぇ？　あはは、あはははは！」

（う……全然効いてない！）

光は大鎌で容易《たやす》く弾かれ、メアにはまるで効いた様子がない。

「ためらっちゃダメだシア！　本気でやらないとメアは救えない！」

「わ、わかってる！」

どうしても姉に対しての攻撃ということで手加減してしまうが、クロケルはそれを強く諌める。

のっぴきならない状況だ。

「魔力……最大解放！」

迷いを断ち切ったシアはフープからスッと手を離して、円の中に姉の姿を入れるように空中へ留め置き。

ありったけの魔力をそこに込め、極太のビームを一直線に放つ。

「いっ……けぇえええっ！」

「よし、直撃だ！」

轟音とともにメアの背後の壁に穴が開き、そこから光が外まで飛んでいく。

実の姉を貫通するほどの威力だが、これならメアも無事では済まない。

(待っててお姉ちゃん、いま魔力封印で助け……)

「それで本気？　それで全力なの？」

が、迂闊《うかつ》に歩み寄ろうとしたシアの動きが止まる。

煙の向こうから、氷のように冷たい姉の声がして。

「分からない妹には——」

「シア、上だ！」

「——お・し・お・き！」

次の瞬間、彼女の真上から無傷の姉が大鎌を振り下ろしていて。

(お姉……ちゃん……)

シアの意識は、そこで途切れた。


「……ア！　シア！　詩愛っ！」

「う……」

聞き知った相棒の声が、少女を意識の闇から引き上げる。

詩愛が目を開くと、そこにはクロケルが心配そうな顔で自分を覗き込んでいた。

知らない間に変身が解け、学生服姿に戻っている。

「よかった、気がついたみたいだね。しかし困ったことになった」

(わ、わたし……確か……)

ぼんやりする頭を必死に回し、記憶を手繰り寄せようとする。

六年越しに再会した姉がまともでなくなっていて。

戦って彼女を正気に戻そうとして。

そして——。

「目が覚めたかしら？　私の可愛い可愛い詩愛、うふふふ……」

「お、お姉ちゃん⁉」

最愛の姉の、声がする。

ここは先ほどまでの廃ビルとは違うようだ。

よく見れば見知った家具に見知った造り。

そうして、意識がクリアになってきた詩愛は気づく。

(ここ……お姉ちゃんの部屋)

詩愛の家であり、冥愛の家でもある自宅。

そのうちの一部屋、長期間空き部屋となっていた冥愛の部屋のベッドに自分は寝かされていたのだと。

「私がいない間も掃除してくれてたのねぇ。ホコリ一つ落ちてなくて、お姉ちゃん感激しちゃった。本当にできた妹、自慢の妹……ふふっ」

そうして六年越しに帰ってきた部屋の主は、不在の間も手入れを欠かさなかった律儀な妹に目を細めて微笑む。

「お姉ちゃん、説明してっ！　どうしてこんなことに……」

詩愛は語気を強めながらガバッと跳ね起き――ることはできなかった。

手首と足首がナマコのような触手によってベッドに固定され、またしても身動きの自由を奪われている。まるで昆虫の標本にでもされてしまったかのようだ。

「その触手は私の一部だから安心してね。お姉ちゃんにも触れている感触は伝わるんだぁ。詩愛の細い手首と足首、ちょっと力を入れたら折れちゃいそうな危うい場所を、ギュッて押さえて身動きを封じるこの感覚……私のものになった感じを味わえるのよねぇ」

相変わらず一方的な物言いに、詩愛は目覚めたばかりだというのに目の前が暗くなる。

先ほどの一連の流れは夢でもなんでもなく、再会できた姉はすっかり狂ってしまっているという現実を改めて直視することとなった。

「ごめん、詩愛。ボクにはどうすることもできなかった。メアはボクの魔力さえ抑え込んでしまうほどに増長しているみたいだ」

そばでクロケルが申し訳なさそうに言う。よく見ると彼は黒く輝く魔力のヒモのようなものに搦め捕られ、空中で身動きが取れない状態にある。

唯一助けになってくれそうな使い魔でさえ、メアの魔力の前には為す術がなかったらしい。結果としてこうして詩愛ともども捕らわれている。

冥愛はベッド上に磔《はりつけ》にされた妹にゆっくり覆いかぶさると、ひときわ邪悪な笑みを浮かべて言った。

「さあ、六年も触れなかった大切な妹の身体……この触手でいっぱい、余すところなく触ってあげる……うふふっ」

「ひ……きゃあああ！」

姉の部屋に妹の悲鳴が響く。

見る見るうちに冥愛の下半身が変形し、質量保存の法則はどこへ行ったと言わんばかりの無数の触手となる。

上半身は人間のまま、下半身は巨大なイカのごとく触手の集合体になった冥愛。

太さや長さは様々だが、黒紫色のグロテスクなデザインの触手《それら》をウネウネと動かしながら微笑む姉はさながら半魔人とでも言うべき面妖さを放っていた。

そうして冥愛——魔法少女となったメアは触手を二本伸ばして、組み敷いた妹の頬にペトリと触れながら言う。

「ほぉら、お姉ちゃんとちゅー、しようねぇ」

「やっ、やだっ、やだぁ！　来ないでっ、やだぁあ！」

触手が詩愛の両頬をがっちりと押さえ、メアの唇がゆっくりと迫ってくる。

恐怖でしかない姉との接吻に、詩愛は半泣きになって首を振り拒もうとした。

その振る舞いにメアはムッとする。

「どうして嫌がるの？　詩愛、昔はお姉ちゃんのほっぺにいっぱいちゅーしてくれたでしよ？　お姉ちゃんもお返しにおでこやほっぺにちゅーしたら、詩愛は嬉しそうに笑ってくれたじゃない。お姉ちゃん大好きって言ってくれたでしょ？　あれは嘘だったの？　嘘じゃない、詩愛は嘘つくような悪い子じゃないの。だからほら、キス……しましょう」

確かにそんな記憶もあるが、それとこれとはまるで違う。

純粋に大好きだった姉に姉妹愛の証として自分からするものと、今こうして狂った姉にのしかかられて無理やり奪われる唇とでは本質から異なるのだ。

それに詩愛とて成長に伴い女の子らしい健全な思考が宿っており、間違ってもファーストキスを実の姉と交わす気はない。

あくまで血を分けた姉妹として大好きなのであり、恋愛感情や性的欲求を実姉に抱くなどどうかしている。

「待って、お姉ちゃん、おねが——んんむぅううううっ！」

「んっむぅううう！　んぶじゅるるるるっ、じゅぞぞんぶっじゅるうううっ！」

懇願しようとしたその口を、とうとう姉の口がふさぎ。

次の瞬間、物凄い勢いで妹の口腔《こうこう》内はメアによって蹂躙され尽くす。

（やだっ、やだぁあ！　こんなの……こんなファーストキスっ、おかしいよぉ……！）

狂気に取りつかれ暴走してしまった姉による、一方的に押しつけられた歪んだ愛情。

のしかかられ、頬を押さえつけられ、逃げ場のない状況でそれをまともに浴びせられ、
詩愛の幼い精神はあっという間に許容量の限界にきてしまう。

だというのにメアは延々と口吸いをやめず、それどころか舌を伸ばして妹のそれと執拗

にねちっこく絡ませ始めた。

「じゅるるるっ、んれるっ、んむっべるるぇ、はんむっ……ぶじゅるるるるっ、んれるれれれっ……んむうううっ！」

さらなる激しいキスが詩愛の心身を蝕み、そしてなぜか詩愛の身体は徐々に抵抗を弱めていく。

嫌なはずなのに、撥ね除けたいのに、力が抜けてなされるがままにされてしまう。

そうして、永遠に続くかと思われた姉妹の淫らなキスが終わり。

メアが唇を離すと、詩愛はぐったりと仰向けになって荒い息を吐いていた。

頬は紅潮し目は焦点を合わせられず、雌の顔と表現すべき表情で。

「んっはぁあ……妹のファーストキスを奪えて、詩愛といっぱいちゅーできて、お姉ちゃん嬉しいわぁ。詩愛も嬉しかった？　そうよね、お姉ちゃんとキスできて喜ばない妹なんかいないもの。だから詩愛も嬉しいの。詩愛もお姉ちゃんとずっとちゅーしたかったのよね、お姉ちゃんちゃーんと分かってるからねぇ。うふふっ、ふふふふ……」

勝手に奪っておいて勝手に相手も求めていたかのように決めつけ、勝手に悦に入る狂気の姉。だが詩愛は反論することもできず、ベッド上で育ちざかりの胸を激しく上下させながら喘《あえ》ぐのが精いっぱいだった。

それに、どうもおかしい。

（か、からだが……あつい……）

全身が火照って、甘く疼くのだ。

キスをされただけでこうなるのかと思いきや、姉の口からとんでもない事実が露見する。

「ふふっ、お姉ちゃんの唾液、美味しかった？　女の子を……いいえ、詩愛を気持ちよくさせる魔力をたっぷりと含んだよだれをあれだけ飲んだら、もうすっかりトロトロねぇ」

「……！」

「く……やっぱり君は魔人に近づいているようだね。唾液が魔人の体液と同じ効果を及ぼすなんて……詩愛、何とかして逃れないとこのままじゃ……」

クロケルは苦い顔で分析するが、とても逃げられる気がしない。

激しいキスによる倦怠感と、初めての唇を奪われた虚無感と、流し込まれた発情唾液によって全身が弛緩し動くことすら億劫《おっくう》だし、四肢は相変わらずメアの一部である触手に捕らえられている。

けれどこれ以上、この頭のおかしい姉に付き合ってはいられない。どうにか逃げようとするのだが、できることは頭を横に振って身をわずかによじらせる程度だ。

俎上《そじょう》の魚よろしく、詩愛はこれから実の姉によって好き放題されてしまう。

「さあ、お姉ちゃんがたっぷり可愛がってあげるからねぇ」

「ひっ……！」

クロケルはメアが魔人になりかけていると言ったが、もはや魔人そのもののように詩愛には思えた。

自在に肉体を変化させ、下半身を無数の触手に変えて自分を犯そうとする彼女を魔人と言わずになんと呼べばいい。

今までの魔人も、そうやって詩愛を犯そうとしてきたのだ。

もちろんこれまではなんとか撃破して少女の純潔は守られてきたが、事ここに至ってはどうなってしまうか分からない。

ヌトヌトと粘液できらめいている太い触手が、何本も詩愛の全身を制服越しに撫でまわしていく。妙に温かくて気持ち悪い。

「やっ……やめ、てぇ……！」

「敏感なのねぇ詩愛は。私がちょっと撫でてあげただけでそんなに可愛い反応しちゃって。お姉ちゃんも責め甲斐があるわぁ。ほら、こんな邪魔な服なんか取っちゃおうねぇ」

何本もの触手が、学生服のブラウス、その中央に集まっていき。

一気に左右へ動き、ボタンを引きちぎって未成熟な中等部生のきめ細かい肌をあらわにする。あっという間に詩愛の上半身はスポーツブラのみにされてしまい、思わず甲高い悲鳴を上げたがメアはお構いなしに触手で少女の腋や腹を直接撫でまわしていく。

「い、いやぁ……気持ち悪いっ、怖いっ……」

手で触れられているのとは違う、ナメクジに這《は》いまわられているかのような嫌悪感。

人間はもともと、ヌルヌルしたものを本能的に忌避するきらいがある。ましてそれが自分を犯すために這いまわっているとなればなおさらだ。

触手が這った後はヌトヌトした粘液が残り、気持ち悪いことこの上ない。

「やだぁ……やめて、もう許して、お姉ちゃん……」

「もう、どうしてそんなに嫌がるの？　お姉ちゃんの触手《て》は嫌い？」

早くも弱音を吐き始めた魔法少女に、メアは無数の「手」で実妹を弄《もてあそ》びながら言う。

「小さい頃は毎日お姉ちゃんと一緒にお風呂に入って、お姉ちゃんに身体を隅々まで洗ってもらったでしょう？　嬉しいでしょう？　嬉しいの。詩愛はお姉ちゃんに身体をまさぐられると嬉しいの、お姉ちゃん分かってるから大丈夫、ね？」

二度目だが、それとこれとは全然違うのだ。

いま目の前にいるのは姉の姿をした別の何かで、身体をまさぐっているのも不気味な触手なのだ。これで嬉しいと感じる方がおかしい。

「詩愛の身体を洗ってるときは本当に幸せだったわぁ。まだちっちゃな詩愛の全身を、恥ずかしいとこまで隅々まで綺麗にしてあげて……あの時からずっと、この身体に触れていいのはお姉ちゃんだけ。私だけなのよ詩愛……ふふっ」

（お姉ちゃん……）

その頃から彼女は、自分に歪んだ思いを抱いていたのだろうか。

だとすればメアの狂愛は地続きのもので、簡単には元に戻せないのでは――そんな悪い予感が詩愛を蝕んでいく。

「今こうして同じようにいろんなとこ撫でまわせて本当に嬉しい。胸もだいぶ大きくなったわねぇ、ほらこんなに」

「やっ、やだっ、そんなとこ……！」

細い触手が少女の上半身、その最も敏感な部分を守る布地へゆっくりと迫り寄る。

色気よりも機能性を重視した飾り気のない水色のスポーツブラが簡単に外れ、ひどく敏感な少女の発達途上バストがあらわになる。

「ひゃっ、いやぁあっ！」

「可愛いおっぱい……詩愛らしくて本当に素敵。これからもっと大きくなりそう」

詩愛くらいの年頃の女の子は非常に難しく、高等部生くらいになれば同性間であれば裸を見られることに抵抗も薄れてくるが、人生で最も多感な時期である彼女の場合はそうはいかない。

加えて目の前の姉は正気を失っており、何をしてくるか分からないのだ。

恐怖と羞恥に耐えられず、さりとて腕と脚は触手で動かせないため詩愛は真っ赤になってわずかに身をよじるだけの抵抗を試みるが、メアの前では何の意味もなさない。

中等部生にしては発育の良い八十四センチの成長中バストを二本の触手で包むように撫でまわされ、少女の敏感な雌の柔肉が熱を帯びて反応してしまう。

「あっ、はあっ、やだっ、やめっ……んんんっ！」

「ここ一年で急に成長したのよね？　ブラも去年はCだったのに、今はEカップだったかしら？」

「な、なんで、知って……」

「お姉ちゃんは何でも知ってるの。時々自分でおっぱい揉んで気持ちよくなってることなんかも……ね」

身体の変化が同じ学年の女子の中でも割と早熟だった詩愛は、そのぶん性の芽生えも早かった。膨らんできた胸をひそかに触って甘い刺激を得たり、恐る恐る股の裂け目に指を這わせると身が震えるほどの快感の波が襲ってきて、こんなことしてはいけないと思いつつも指の動きを止められなかったりしたことも一回や二回ではなかった。

しかしそれをどうして行方不明だった彼女が知っているのだろうと、詩愛は混乱しながらも考えるが。

その間もメアの触手責めは終わらず、少女の発育途上のEカップを揉みほぐす。

「んんっ、んうっ、やめ、へっ……」

「クラスの男子に胸のことをヒソヒソ話されて、嫌なのになんだか不思議な気持ちになっちゃったりするんでしょう……？　自分が女として見られているんだってことに無自覚ながら喜んじゃってるのよねぇ……エッチな詩愛」

螺旋を描くようにして乳房全体を包み込み、その上で全方向からの優しい愛撫。人間の手に揉まれるものよりもはるかに刺激の強い触手胸揉みに、姉以外に肌を晒したことのない少女が耐えられるはずもない。

「ち、ちがうっ、そんなことないっ……んあぁっ！」

「もう、そんなに邪険にしないで、お姉ちゃん傷ついちゃうわぁ。一緒にお風呂に入ってた時なんか、お姉ちゃんのおっぱいおっきいなんて言って揉んでくれてたこともあったのに。いいのよ、あの頃みたいに揉んだって。ほら」

それは当時の詩愛にはまだそういうことが分かっておらず、母親を早くに亡くした自分は単に姉の大きな乳房に母親像を見ていただけに過ぎない。

だというのにメアにはまったく通じず、一方的に結論づけて別に揉みたくない胸を揉んでもいいよと言ってくる。

まだ人間のままの上半身のコスチュームを、触手を使って左右に大きくずらして豊満な爆乳をあらわにするメア。

百センチを超すバストは同性であっても、実の妹であっても目を引いてしまう暴力的ですらあるものだった。

「ほら、お姉ちゃんのおっぱい。詩愛のおっぱいを揉んでいいのがお姉ちゃんだけなように、お姉ちゃんのおっぱいも揉んでいいのは詩愛だけなのよ？」

そのようなことはこんな状況で欠片も望んでいないにもかかわらず、メアは一方的に自分の百センチ超えバストを詩愛の乳房へむにゅううっ！　と上から押しつけていく。

「ほぉら、おっぱい押しつけあって、一緒におっぱいでイキましょう？　んんっ、気持ちいいっ、詩愛の可愛らしいおっぱいが私のおっぱいに押されてっ……ああっ、いいっ！」

大きさの違う四つの乳肉が押しあい歪み、四つの乳首が躍りまわる。

色素の沈着もない薄ピンクの小さな乳首が姉の大ぶりなそれとこすれるたび、敏感少女は「んんっ……！」と身を震わせ、触れあった胸から伝わるその振動に冥愛は妹が性感を覚えているさまを感じ取り悦に入る。

「ふふっ、詩愛は乳首がこすれるのがいいのね。だったらもっと、ほらお姉ちゃんの乳首とこすりあわせてっ……」

「やっ、やめ、おねえ、ちゃんっ、んんっ、それだめっ、変に、変になっちゃうぅうう！」

敏感すぎる桜色の乳頭を姉乳首が執拗にこね回す。必死に逃げようとしても何本もの触手が詩愛の身体をがっちりとホールドしているため、メアの押しつけてくる乳房と乳首からは逃れられない。

結果として、乳首のこすれあいによる快感が一切軽減できずに延々と脳へ送り込まれる。逃げ場のない姉妹レズによるあってはならない快楽を流し込まれ、幼い少女の脳はオーバーヒート寸前だ。

（きもちいいっ、おっぱい気持ちいぃいい！　ダメっ、こんなので感じちゃダメなのにっ、気持ちいいの抑えられないっ……）

なんとか声を殺して耐えようとするが、稚《いとけな》い少女の抵抗など完全に読み取られているようでメアはさらに容赦なく自らの乳房を押しつけ強引に快楽でねじ伏せようとする。

「ほら、素直になって、おっぱいでイっちゃいなさい詩愛。んんっ、私もイキそう、お姉ちゃん、おっぱいでイキそう……詩愛も、ほら、イって……！」

「だ、だめっ、それ、おっぱいっ、むりやりっ、やだっ、だめぇえ！」

子どもだましのような稚拙な自慰で胸を揉んだ時に感じることはあっても、そこで絶頂することなどなかったはずのあり得ない快楽が、発達途上乳房の中に渦巻いて弾けそうだ。

延々と乳内に送り込まれる性的快楽に耐えきれず、とうとう詩愛は未体験の胸絶頂を味わってしまう。

「やだっ、へんっ、おっぱい変になってぇっ、きちゃう、きちゃうぅぅう！　お姉ちゃん、お姉ちゃああぁあん！　んあっ、あっ、あはぁああ――――！」

「んああっ、詩愛、詩愛ぁ……お姉ちゃんもおっぱいで、おっぱいでイクっ、詩愛といっしょにおっぱいイっ、くぅうう……っ！」

びくんっ！　びくびくっ、びくんんっ！

四つの乳房が同時に跳ねまわり、魔法少女姉妹は共に胸のみで絶頂し互いの身体が強く痙攣する。

こんなふうに感じ絶頂できることなど、経験不足の詩愛は知らなかった。

それも姉妹レズによる禁忌的な行いで達してしまったということも、十代の少女には容量過多な快感となっていつまでも後を引く。

「はあっ、はぁ……わ、わたし……胸で、おっぱいで、気持ちよくなっちゃっ……たぁ……」

「……ふふっ、とっても可愛かったわ、初めて胸イキしちゃう詩愛。お姉ちゃんも久しぶ

りに本気イキしちゃった、詩愛を見ながら毎日オナニーしていたのとはやっぱり違うわぁ」

　メアが何か言っていたが、今の詩愛にはよく聞き取れない。

　恍惚《こうこつ》としていると、先に絶頂から立ち直ったメアがさらなる姉妹レズプレイを続行させんと下半身の触手を伸ばしてくる。

「ふふっ、次はこっち……」

「……ふえっ⁉　や、やだっ、そこはっ……」

　姉の触手が下半身へ伸びていることに気づいた詩愛は慌てて股間を隠そうとするも、手首は別の触手によってベッドに固定されているためどうすることもできない。

　スカートを脱がされ、飾り気のないショーツがあらわになる。

　とうとう布一枚になってしまい、これを取り去られたら完全に無防備になってしまう。

「あらあら、可愛らしいの穿いて。けどブラと色を揃えているあたり、ちょっとは大人になりかけてきたかしら？　お姉ちゃん嬉しいなぁ」

「や、やだっ、パンツ見ないでぇ……」

　これまた色気よりも清潔感や機能性を重視したショーツ。中等部生らしい健全なデザインで、それが逆にメアの興奮を煽り触手をウネウネと動かせる。

「あら？　もうここにシミができちゃってる。さっきの胸だけでイったのが、そんなに気持ちよかったのねぇ」

「っ……！」

敏感な成長中乳をまさぐられて、押しつけあいによって絶頂し、それにより幼い割れ目からはクロッチ越しに沁みてくるほどの淫蜜を吐き出してしまっていた。それを目ざとく看破され、詩愛は死にたいほどの恥じらいに苛まれる。

「お姉ちゃんにおっぱい揉まれただけでおまんこ濡らしちゃう、エッチで恥ずかしい妹の詩愛には、しっかりお姉ちゃんが性教育してあげないといけないわよねぇ？」

「や、やだっ、そんなのいいっ、お願いだからこれ以上変なことしないでぇ……」

しかし、狂った姉に妹の懇願など通らない。

触手がショーツの縁を掴み、左右同時にずり下げて女の子の一番恥ずかしい部分を外気に晒させる。

「いやあっ……恥ずかしい、死んじゃう、恥ずかしくて死んじゃうよぉ……」

真っ赤になって泣きながら、今までの人生で一番の羞恥心に身を焦がされる魔法少女。

しかしその一方で、たまらなく身体は火照り今まで味わったことのない興奮も詩愛は覚えていた。

「きれい……詩愛のここ、割れ目もぴっちり閉じて、誰にも侵入を許さずお姉ちゃんのために操《みさお》を守ってくれていたのね……お姉ちゃん嬉しい、嬉しいわぁ」

「ひん……っ」

冥愛はそう言いながら妹の一本スジをゆっくりとなぞり、全裸魔法少女はその甘い快楽に身を震わせる。

（こ、こんなとこ、お姉ちゃんに触られて……わたし、恥ずかしいし怖いのにっ、気持ちよくなっちゃってる……）

きっと最初のキスで流し込まれた発情唾液のせいだと考え、これは一時的なものだと言い聞かせて懸命に耐えようとするが、メアの責めは丁寧かつ的確で容赦がなく、性的経験が皆無な純朴妹を弄んでいく。

「ふふっ、ここ、いっぱい舐めてあげるね」

「ふぇ⁉　ま、待って、お姉ちゃ……はぁああんっ！」

狂気に熱を帯びる姉の舌が、幼い少女の秘裂を舐《ねぶ》っていく。

舌先で妹の隙間に潜り込み、本人の意思と無関係にあふれる淫蜜を啜り喉を鳴らして飲み込むメア。

「んふっ……詩愛のおまんこ、エッチなお汁……お姉ちゃんのために作られた蜜、とっても美味しくて幸せになっちゃうわぁ……」

「や、やめっ、お姉ちゃんっ、そんなとこ……汚いっ……」

「なに言ってるの、詩愛の身体に汚いところなんかないわ。だって詩愛はこの世で一番きれいで、汚されてはいけないお姉ちゃんの宝物だもの……んじゅるっ」

「それ以上はやめるんだメア！　今すぐ詩愛を離し……うああっ！」

クロケルが我慢できずに叫ぶも、彼を拘束する魔力のヒモがバチバチと音を立てて発光し、電気を流されたかのように使い魔は悶絶して床に倒れる。

「く、クロっ！　んんっ、んぁああ――っ！」

「あんなのの心配しなくてもいいのよ？　お姉ちゃんと気持ちいいことだけ考えて、ね？」

　相棒の身を案じることさえ、襲い来る快楽は許さない。

　これ以上姉によってイかされてしまえば、どうなるか考えただけでも恐ろしいのに止められない。

（や、やだっ、また、よだれ……流し、込まれてっ……これじゃあまた気持ちよくなっちゃうっ、アソコっ、わたしのアソコ、イっちゃうよぉ……！）

「じゅるるっ、んれるっ、っはんむっちゅ、んっぷぁ……詩愛っ、詩愛……！　んぶっじゅずりゅるるるるっ！」

「やだっ、おねえ、ちゃ……んはあっ、はぁああんっ！」

　愛液は吸われ、代わりに唾液を流し込まれる。

　互いの体液を送りあう過程で、妹は強制発情し姉は心が満たされて。

　禁断の姉妹レズ体液交換によって、魔法少女たちは二人揃って高まってゆく。

「……ほら、最後は触手でいっぱい触ってあげる……お姉ちゃんのよだれですっかり発情しちゃった、エッチでいけない処女おまんこ……イかせてあげる」

　存分に妹の汁を啜ったメアは満足そうに詩愛の秘所から口を離すと、手の甲で口を拭いつつ下半身の触手をそこへ向けていく。

　それと同時に四肢をつなぎ留めていた触手拘束を解き、下半身の複数の触手で詩愛を搦め取り抱き上げて姉妹はベッド上で絡みあったまま対面する格好になる。

「ふぁあ……やだっ、もうやめっ、やめへぇええ……」

どうにか触手責めから逃れようと試みるも、すでに身体に力は入らず下半身が疼いて止まらない。

期待してしまっている。

あの気持ち悪いヌラヌラした触手に、敏感になったところをまさぐられて先ほどのように絶頂してしまいたいと。

あの味をもう一度堪能したいと、幼さの残る少女の肉体が求めてしまう。

「大丈夫、処女を奪ったりなんかしないわ。今は……ね。大切な宝物を、少しでも長く未開封のまま、未使用のまま愛でてあげたいの」

正気と光を失った、赤黒く濁る姉の瞳。その中には怯える妹の顔しか映っていない。

詩愛はそれを見て、姉という牢獄に囚われ出てこられない自分を想起した。

最愛の存在だったはずの姉から、決して逃げられないと――。

「ほぉら、詩愛の身体じゅう全部、お姉ちゃんが愛してあげる……」

「ひっ、やだっ、おねがい、お姉ちゃんっ……！」

ぐちゅぐちゅ、ぬるにゅるるっ、ぬっちゅぬっちゅっ！

「ああ、詩愛……ここも、ここも、ここも、全部、ぜんぶお姉ちゃんのもの、ぜーんぶ私のものなの……っ！　詩愛、好きよ、ずっと、ずっと、あなたが生まれた時から、ずっとお姉ちゃんは詩愛のこと見ていたんだからねっ……お姉ちゃんが一番長く、一番深く詩愛を愛しているの、他の誰よりも詩愛のことを愛しているの、だから詩愛は私の、お姉ちゃんのものにならなきゃおかしいの！　ああっ、詩愛っ、詩愛ぁ……！」

　ひたすら一方的で、独善的で、恣意的な感情を吐露しつつ、触手による全身の愛撫を絶えず妹に行い快楽を与え、貪り続ける。

　一方で詩愛はそんなメアの狂った思いとともに撫でまわされ、揉みほぐされ、まさぐられる触手快感に抗えず、荒い息を吐きながらなんとか逃げようと試みるが、もがけばもがくほど軟体腕が柔らかな肉体に沈み込んで可愛らしい声を上げてしまう。

　触手がもたらす未知の快楽と、同性ゆえの容赦ない的確な責めが相乗効果をもたらし、快楽慣れしていない敏感な少女を寄せては返す波のようにいともたやすく手玉に取る。

「あっ、あはあっ、ダメ、らめ、らめぇえぇ！　おねえ、ちゃ、んんうっ、んんんんっ！」

（ダメっ、気持ちよくなるっ、気持ちよくなっちゃうぅうう！　こんなのおかしいのにっ、お姉ちゃんは魔のせいでおかしくなってるのにっ、わたし、お姉ちゃんの触手で気持ちよくなっちゃってるのぉおお！）

　そんな妹の反応から、詩愛に絶頂が近づいていると悟ったメアはより一層触手の動きを速め、一気に快楽に堕とそうと責め立てる。

「イキそう？　イキそうなのね詩愛、お姉ちゃんの触手責めで全身気持ちよくなって、おまんこいっぱいイっちゃうのね？　いいわよほら、イって、お姉ちゃんの触手《うで》の中でイってぇえ……！」

「だめっ、だめだめだめ、ほんとにダメぇ！　イっちゃう、アソコっ、きもちよくなってっ、んあっ、あはぁあ！」

「おまんこ、でしょう？　お姉ちゃんに詩愛の口から紡がれる恥ずかしくていやらしい言葉、聞かせて？　ほーら。お、ま、ん、こ……ふふっ」

恥じらいからか性器の直接的な呼称を口にしない詩愛に、メアは仄暗《ほのぐら》い笑みを湛えながら触手の動きを速め、一文字ずつゆっくりと妹の耳元でその言葉を刷り込んでいく。

「ああっ、おまんこ、おまんこぉおお！　おまんこ、おっぱいも、ああっ、ぜんぶ、ぜんぶイくっ、イっちゃうよぉお！」

そしてそれをそのまま口に出し、ますます快楽のボルテージが上がってしまう詩愛。

逃げ道もなく、助けも来ず、耐えるしか選択肢のなかった魔法少女が絶頂に導かれることは定まっていた。

「ああっもうダメっ、お姉ちゃんっ、お姉ちゃぁぁあああんっ！　イクっ、イクっ、イっくぅうう――……！」

その運命のまま、無数の触手に弄ばれた詩愛は姉に抱き着きながら全身をビクビクっ！と波打たせ、ひときわ高い声を上げる。

それと同時に、メアもまた妹を果てさせた悦びに心身が満たされ絶頂した。

「ああっ……出るっ、お姉ちゃんもイくっ、詩愛のイくとこ見て触手イっちゃう……浴びてっ、お姉ちゃんの体液全身で浴びてぇええ！」

ぶびゅっ！　ぶばびゅるっ、ぼぶびゅりゅりゅっ！

びゅばぶびゅるるるっ、どぼぶびゅりゅううっ！

「あはぁああっ！　いっ、イヤっ、いっぱい、びゅってぇ……」

自分の全身を、胸を、性器を、尻を撫でまわす複数の触手の先端から、一斉にねばついた白濁液が噴射される。

熱くてドロドロの、男性の射精のような分泌液を全身に浴び、これもまた体液であるせいなのか詩愛は嫌悪感よりも不思議な快感でもってそれを受け止めてしまう。

触手の戒めから解放され、体液塗《まみ》れの詩愛はべちゃりと力なくベッドに倒れた。

(こ、こんなの……汚くて、臭くて、気持ち悪いはずなのに……お姉ちゃんの体液、欲しがっちゃってるの……)

「あはぁ……んっふ……お姉ちゃんも、イっちゃったぁ……触手からエッチなミルク、いっぱいぃ……」

「これは、魔人の体液だ……やはりメア、君は魔人へと変貌しつつある。このまま放っておくわけには……」

詩愛同様に触手から解放されたクロケルが、呆然と呟く。

魔人になりつつある魔法少女を救うには、詩愛が姉に打ち克って魔力を封印する以外になかった。しかしその詩愛は戦いでも敗北し、今の姉妹レズレイプにおいても抵抗らしい抵抗さえできずいいように絶頂させられてしまっている。

状況は良くない。

いっぽうで、満足そうに触手を引っ込めていくメアは。

「ふふっ……イっちゃったのね、詩愛……お姉ちゃんの触手で、お姉ちゃんでイってくれたのね……」

妹を絶頂させたことによる高揚感で恍惚としつつ、ぐったりする詩愛に覆いかぶさったまま微笑み。

ひくひくと幼さの残る身体を痙攣《けいれん》させる、自らの体液まみれの妹の下腹部に、妖しく輝く光を灯した指を近づけていく。

指がひときわ眩しく輝いたかと思えば、次の瞬間そこには不可思議な文様が刻まれていた。

ハートマークのようにも、蝶のようにも見える淫らな紋章が。

「ふぇ……な、なに、これぇ……」

「六年留守にしてたお土産。お姉ちゃんの所有物《もの》の証」

そうして置き土産を残したメアは、立ち上がって変身を解くと人間の姿に——音羽冥愛に戻って部屋を後にする。

詩愛と、元使い魔のクロケルを置き去りにして。

「また来るわ、今度は近いうちに……ふふっ」

六年ぶりに帰ってきた詩愛の姉、音羽冥愛。
彼女の妹へ向ける狂気の愛情は、まだ片鱗しか見せていない。

第二章　搾精の日々、奪われた純潔

「お姉ちゃん……どうして……」

ベッドで毛布にくるまりながら、詩愛はいまだに冥愛の豹変《ひょうへん》を受け容れられずに気落ちしていた。

最愛の姉と再会したのもつかの間、狂った彼女に触手で嬲《なぶ》られ、絶頂させられてから二日。

六年ぶりに会えたというのに、大好きな姉は変わり果ててしまっていた。

妹である自分に常軌を逸した愛し方で接し、その果てに禁忌の姉妹レズに溺れる。

理解が追いつかず、詩愛はただなされるがままにされ、触手で弄ばれ、最後には今までにない性的絶頂を味わってしまった。

（あの優しかったお姉ちゃんは、どこ行っちゃったの？）

考えても考えても分からない。

失踪した六年の間に何が起きていたのか、詩愛には知る由もない。

当時の姉を知っているクロケルでさえも、冥愛の変化は予想外だと言った。

分かるのはただ、姉が魔人になりかけて狂っているということ。

そして、彼女が残した「置き土産」——。

「ん……っ、また、身体が、熱くっ……」

ぴくんっ、と毛布の中の詩愛の身体が震える。

パジャマのズボンを下ろすと、そこには色気のない下着越しにぼんやりとピンク色に輝く紋章があった。

あの日、メアに絶頂させられた折に彼女の手によって鼠径部に刻まれた不可思議な紋章。

いくら風呂で洗っても、魔力で消そうとしても、くっきりと股間にあり続ける淫紋が。

(こ、この模様……これのせいで、わたしずっと、身体が疼いて……オナニー、したくなっちゃう……)

それは詩愛に甘い疼きを与え、否が応でも彼女にあのとき味わわされた快楽の記憶を呼び起こさせる。

それまでも秘所に指を這わせたことは何度かあるが、頻度はそう高くない。

せいぜい週に一度、寝つけない夜にこっそりと「いけない遊び」を楽しむ程度だった。

だというのに、この淫紋を刻まれてからというもの詩愛は毎晩のようにオナニーに勤しんでいる。

「んっ、んんぅ……きもち、いいっ……」

くちゅくちゅ、にちゅにちゅといった少女の淫らな水音が寝室に小さく響く。

愛液の分泌量もおかしく、小さな手全体がしとどに濡れるほど少女の雌部分は輝く文様によって感度を高められていた。

「はあっ、だめっ、こんなこと、してる場合じゃ……ないのにっ……気持ちいいっ、おまんこ、気持ちいいのぉ……オナニー、止められない……わたし、エッチな子に、なっちゃってる……んんんっ！」


いけないと分かっているのに、指を止められない。

おかしいと分かっているのに、声を抑えられない。

はしたないと分かっているのに、淫蜜が湧き出て止まらない。

さらにそれだけでは満足できず、詩愛は左手で八十四センチの成長中バストを揉みしだきさらなる快楽を自分に与える。

姉に無理やり胸絶頂させられてからは、淫紋の効果もあるのだろうが自分で揉むだけで簡単に胸イキを味わうことができた。

こうして上と下を同時に慰めながら、詩愛は今日だけですでに二桁を越えている自慰絶頂の数をまた上書きしていく。

「だめ、だめ、またイクっ、イっちゃう、おまんこっ、おまんこイクっ、おっぱいもっ、だめっ、気持ちいいっ、イクっ、イクイクイクっ、イ……っくぅううう……！」

毛布にくるまれた小さな身体が跳ね、ビクビクと痙攣する。

ひときわ激しいオナニー絶頂に溺れ、酔いしれ、ゆっくりと引いていく余韻に浸りながら魔法少女は雌の快楽を味わい恍惚とする。

どっと力が抜けていき、その倦怠感すら心地いい。

「あはぁ……すごい……気持ちいい、よぉ……だめ、なのにぃ……」

何度も何度も自慰にふけることで、分かったことがある。

それは、オナニーで絶頂してしまうと力が抜けるのだが、これは今の詩愛にとって感覚的なものではなく本当に抜け落ちているということ。

すなわち詩愛の中にある「魔」——魔力が、達すると失われるのだ。

そうでなくても常に甘い疼きを与え、少しずつ魔力が奪われていく。

快感と魔力の漏出が連動しているようだった。

(これも、淫紋のせい、なの……わかってても止められない、オナニー気持ちよくて、イって魔力が減っちゃっても止められないよぉ……)

このままでは詩愛は弱くなっていく一方で、最終的には魔力が枯渇して魔法少女になれなくなってしまう。おそらくはそれが冥愛の策なのだろうと思われるが、快楽という人間の本能的に抗えないものを送り込まれてしまう以上どうしようもない。

そんな魔法少女を諫めるように、いつの間にか部屋に入ってきた黒い使い魔が言った。

「詩愛、もう一度戦って勝つしかない」

「……いたの、クロ」

「いたよ。あの時も言ったろう、君が冥愛の魔力封印を行って彼女から穢れた『魔』を切り離し、正気に戻す以外に救う方法はないって」

恥ずかしい自慰を見られていたことに詩愛は赤くなるも、クロケルは気にしていないかのように話す。

「残念だけど、メアの力は想像を絶している。今の詩愛ではどうしたって勝ち目はない」

詩愛も魔法少女として六年間戦い続けてきたが、メアの持つ力はそんな自分を容易く凌駕《りょうが》するほど強大なものだった。

戦って勝利し魔力封印を行うことでしか姉は救えないが、その壁が高すぎる。

「まずこの淫紋が目の上のタンコブだ。魔法少女には抵抗力のようなものがあって、それによって魔人の体液や魔法による状態変化を基本的に受けつけないいんだけど、絶頂して身体に力が入っていない状態ではその抵抗力が大幅に低下する。あの時メアにイかされた君は、そこを突かれて淫紋を刻まれてしまったんだ。こうなると除去は非常に困難だ」

とは、クロケルの弁。

ではどうしたらこの淫紋を消せるのかと問えば、やはり描き手である冥愛を撃破するしかないという結論に行き着く。

だが詩愛は身体で理解しているように、この淫紋そのものが自身を弱くさせていくのだ。

「そんな……ただでさえ勝てないのに、淫紋の力でどんどん弱くなっちゃうし、淫紋はお姉ちゃんに勝たないと消えないなんて……それじゃあもう絶対勝てないよ」

「諦めるのは早いよ。これはチャンスでもある」

この状況で何がどう好機だというのか詩愛には理解しがたいが、この可愛らしい使い魔には奇策があるようだ。

「この淫紋を逆手に取ろう、詩愛」

「へ……？」

「コレの性質は君自身の身体でイヤと言うほどわかったろう。イけばイくほど魔力が失われるし、そうでなくても常に身体が疼くことによって少しずつ魔力が漏出しているんだ、今の君は。言ってみれば穴の空いたバケツだね」

「それじゃあ、どうすればいいの？」

　不安になる少女に「まあ聞いてよ」と使い魔は話を進める。

「だからボクは考えた。快楽をエネルギーに変換するなら、こっちから他人の快楽を吸収すればいい。そうすることで魔力の流出は相殺できるし、余剰分はプラスになる。つまりこの淫紋を上手く使えば君の魔力は高まって、メアにも勝てるってことさ」

「他人の快楽を吸収……って……」

　どこかで分かっているのに分からない。

　いや、分からないふりをしようとしている詩愛に、子ども向けアニメに出てきそうな愛くるしいマスコットはふわふわの耳をピクピクと動かしながら。

「男性の精液を分けてもらうんだよ」

　と、単刀直入に答えた。

　それを聞き、行為を想像しただけで少女の淫紋が反応し、びくんっと身が震える。

　詩愛の淫らな思考に同調するかのように疼きを与える淫紋のせいで、ますます彼の言った行為のイメージがクリアに湧いてきてしまうのだ。

クロケルは続けた。

「男性が最も快楽を覚える瞬間……つまり射精、そして出された精液。快楽の証であるそれを体内に取り込めば、淫紋の力が作用して魔力に変換してくれるはずだ」

「そ、そんなことできないよ……それに、本当にそれで大丈夫なの……？」

「あくまで淫紋の性質を見たところによる推測だよ。けれどできるできないじゃなくて、やらないとメアは救えない。君にとって大切なお姉さんなんだろう？　ボクだってかつてのパートナーがあのまま魔人に堕ちてしまうことは避けたい。やれるのは君だけなんだ、詩愛」

姉のことを言及されると、呻くしかない。

他に方法も思い浮かばない現状、クロケルに従ってその可能性に懸けるしかなさそうだ。

とはいえ、やはり不安も大きい。

「でもやっぱりできないよ。男の人をそんな、誘うなんて……それに万一そのまま襲われでもしたら……あと、関係ない人に見られたらどうするの？」

魔法少女といっても年頃の女の子だ。搾精の途中に襲われたりしたら抵抗できるかどうか危うい。精液搾取は百歩譲って実行するとしても、それ以上の行為は絶対に嫌だ。

それに、そのような情事を他人に見られて通報でもされたら大変なことになる。

「大丈夫だよ、ボクがいるじゃないか。認識改変や記憶の消去はお手の物さ。その場限りの関係でつつがなく終わるし、関係ない人は隣を通っても気づかないよ」

クロケルの能力を考えれば確かに大丈夫そうなのだが、やはり「けど……」という言葉が漏れてしまう。

「なにも借金のカタにエッチなお店でずっと働くわけじゃない、あくまで搾精はメアの魔力を上回るところまででいいのさ。彼女を助けるまでの辛抱だよ」

「わ……分かったよ」

とうとう詩愛は降参した。

（せ、精液を集めるなんて……でもこれはお姉ちゃんのため、お姉ちゃんを元に戻すために仕方なくやることなの……）

姉のため、仕方なく――そう自分に言い聞かせつつも、純朴魔法少女は股間の淫紋による疼きを抑えきることができなかった。


翌日、放課後。

「とりあえず、最初は軽めに普通のサラリーマンからいただこうか」

「気が乗らないなぁ……」

詩愛とクロケルは会社員が業務を終えて帰宅する時間を見計らい、駅から住宅地へ向かう道の中でなるべく人通りの少ない場所を選んで顔も名前も知らない男を待っていた。

今日は学園にいる間もこれから行う搾精のことばかり考えて、授業は何一つ聞いていないに等しかった。教師に当てられてもしばらく気づかず怒られ、給食当番としてスープをよそう際はデロデロとこぼして危うくクラスメイトを火傷《やけど》させるところだった。

直接・間接問わず「今日の音羽さんなんか変じゃない？」と言われた数は枚挙にいとまがない。

教師も生徒も、よもや彼女がこのあと知らない男と情事に及ぶことだけを考えていたとは誰も想像しないだろう。

（うう……なんでこんなことになっちゃったんだろ）

暗澹《あんたん》たる気持ちになる詩愛だが、姉のためだと割り切って動悸を抑えるべく深呼吸を繰り返す。

ほどなくして三十歳を回ったと思われるスーツ姿の男性が現れ、「ほら、来たよ」とクロケルに促される。まだ心の準備ができていないのだがやむを得ず詩愛は物陰から現れ、彼の前に立ちふさがった。

「あ、あの……っ、あの……」

「ん？　どうしたんだい？」

人のよさそうな面構えと口調だった。初めての搾精にはちょうどいい——詩愛は淫紋の疼きに導かれるように、緊張と高揚から頬を赤らめ涙目になりつつ切れ切れに言った。

「わ、わたし、男性の精液が欲しいん、です……お兄さんの精子、く、くだ、さいっ……」

（い、言っちゃった……！　も、もう引き返せない、もう戻れないよぉ……！）

制服を着ている中等部生女子からの、あまりの唐突な要求。

さすがに男性も驚きのあまり理解が追いつかないのか「え、えーと……？」と戸惑いを見せていたが、詩愛は口に出してしまった勢いのまま彼を引っ張って路地裏へ連れていく。

「ま、待って待ってお嬢ちゃん！　こんなことダメだから、俺犯罪者になっちゃうし、ちょっとほんとに……！」

と言いつつ、学生服の中等部女子と淫らな行いができるというめったにない僥倖に男の本能が理性を押し流し、彼は口でこそ拒むものの詩愛によるズボン脱がしを本気で止めようとはしなかった。

ベルトを緩め、震える手でズボンを下ろすと下着越しに盛り上がっているそれが目に入る。心臓をバクバクさせつつ最後の布の両端に指を引っかけ、覚悟を決めてずり下ろすと、中身がバネ仕掛けのように斜め上へ飛び出し純真少女を驚愕させ、それと同時に鼻をつくむわっとした雄臭が漂う。

ついに、詩愛は男性器を間近で目の当たりにする。

「っ、あ……すごい、これが……おちん、ちん……」

初めて見る雄の象徴は想像以上に大きく、凶暴そうな形をしていた。

これからしてもらうことに期待してビクビクと脈打つ肉の槍はすでに臨戦態勢で、雌を無理やり犯して気持ちよくさせた上で無責任に種付け汁をぶちまけるためだけに特化した形状をしている。

（さ、先っぽふくらんで……血管も浮き出て、全体的に反り返ってて……根元には毛もいっぱい……こんなの、男の人にはみんなついてるの？）

なんと暴力的で、圧倒的なのだろうか。

だがその一方で、詩愛の下半身がこれを目にしただけできゅんっと疼いてしまったこともまた事実。

（こ、ここから精子が……赤ちゃんの素が……）

ペニスそのものをまったく見たことがないわけではない。

歳相応のいけない好奇心から男性器のことを検索してしまったこともあるが、それでも初めて生で見る男性器は初心《うぶ》な少女を圧倒し、無意識に呼吸が荒くなり心拍数が上昇していき、顔が熱を帯びるのが分かる。

フォークダンスの練習で男子と手が触れた程度でドキドキしてしまう詩愛にとって、眼前に突きつけられたそれがもたらす威圧感は想像を絶するものだった。

「おちんちん、こんなにおっきい……こ、これ、ぼ……勃起《ぼっき》、って言うんですよね……」

（い、今から、これを……気持ちよくさせてっ、精液、を……）

ゼロに等しい性知識を総動員して、詩愛は男性のやや饐《す》えた臭いのする肉棒を小さな両手で包み、優しく手のひらで擦るように動かしていく。

「か、かたい……お兄さんの勃起おちんちん、すっごく熱くて硬い、です……」

「ああっ、お嬢ちゃん、こんなこと……うぅっ、中等部生、中等部生の手がぁ……っ！」

いかに普段は理性的な社会人男性でも、本質は女を無理やり犯して自分の快楽だけを追い求めて無責任に種付け膣内射精しそのまま別の雌を探す「雄」という生き物だ。

加えてその相手が普段なら絶対に手出しできない制服姿の現役中等部生であればなおのこと、彼の内に秘めた劣情は加速度的に増していく。

「お、お嬢ちゃん、名前なんて言うんだい……？」

「え……わ、わたし、音羽詩愛って言います……」

制服を着ている状態で、本名まで教えてしまう迂闊さ。普段なら知らない人に名前を聞かれても答えなかっただろうが、それほどまでに男性器から伝わる雄熱とぶよっとした感触が乙女の意識を掴んでいた。竿から玉袋まで撫でるように触り、ビクビクっと動く男性器に詩愛の心もきゅんと跳ねる。

「詩愛、触っているだけでもいいけどせっかくだからもう少し踏み込んでいこう。精子は浴びても魔力になるけど、直接口から身体の中に取り込めばもっと効果が出るはずだよ」

男性には見えていないクロケルが、詩愛の横から助言する。

そう、自分はこの男性器を口に含まなくてはならない。普段なら決して頷きたくないことだ。

しかしながら姉を救うという使命感と、男性器を初めて触っていることの興奮が詩愛の拒否感を限りなく薄めていた。

「口に……そうだよね。……お姉ちゃんを助けるため、だもんね。……はむ」

「う、うあっ、口っ、中等部生の口ぃいい！」

ペニスを咥えたことも、うっかり名前を教えてしまったことも、記憶干渉でどうにかすればいいやと考え勢いのまま彼の先端を小さな口で咥えこむ詩愛。

大きすぎて頬張るのも一苦労な中等部生の口を犯している高揚感と背徳感に衝き動かされ、男の精子は限界まで濃く蓄積されていく。

「ああっ、詩愛ちゃん、いいよそれっ……現役中等部生に口でしてもらえるなんて、運がよすぎて俺明日死んじゃうかもしれない……」

「んむっ、じゅるるっ……ほっ、ほんと、ですか……」

（この人、わたしで気持ちよくなってくれてるんだ……ちょっとだけ、ちょっとだけ……うれしい、かも……）

相手からの反応が良いことを知ると、したくてやっているわけでもないはずなのに少しばかり気分が良くなってしまう。

小さな口の中に収めた肉茎は見た目以上に太くて顎《あご》が痛くなってくる。

根元付近まで咥えこむと、陰毛によって蒸された特有の臭いが鼻をつく。

なのになぜか、肉棒に吸いつけられたかのように奉仕をやめられない。

「あむっ、じゅるるっ、ぷじゅ……っ、ぱぁ……れるっ、えれぇ……んれぇええ……っ」

いったん肉棒を口から吐き出し、充血しきって赤黒くなった先端をピンクの舌先でチロチロと舐めていると、呻き声とともに鈴口から透明な汁が溢れてきた。それをためらいつつちゅるっと啜る。苦い。しかしそれでいながら、同時に不思議な幸福感を得る。

(男の人も、気持ちいいとこんなふうに濡れるんだ……)

気持ちよくなってくれて嬉しい。

自分の行為で悦んでもらえて嬉しい。

男性のペニスに奉仕すると自分も嬉しい。

「ううっ、詩愛ちゃん、詩愛ちゃんっ！」

「んむっ……もっと、もっと気持ちよくなって、くらはいっ……じゅぷっ、んむっ」

そのことを実体験によって覚えてしまい、詩愛の中の奉仕欲がますます強まってしまう。のめり込んではいけないと分かっているのに、詩愛の持ち前の優しさと男に尽くす雌の使命がかみ合って、この人に気持ちよくなってもらいたいという思いが増幅していく。

一方で加速度的に高まってきた男は快楽と反比例するように理性が失われていき、ついに少女の頭を押さえつけて乱暴に腰を前後に振り始めた。

「んんっ、んんん⁉」

「ああもう我慢できない、詩愛ちゃん、詩愛、ああっ、出そう、出すよっ、詩愛の口に出すからねっ、いいよね、いいよねっ！」

いきなりの激しいイラマチオに喉が詰まるような感覚に陥り、たまらずペニスを吐き出そうとするも男の強い力でがっちりと頭を押さえつけられているためそれもできない。

いたいけな少女の口を完全に性処理道具として扱い、限界を迎えたサラリーマンは詩愛の口内へ劣情の滾《たぎ》りをぶちまけていく。

「あぁぁあ、詩愛、詩愛ぁああ！　出るよ、精液出すよっ、詩愛のちっちゃな中等部生のお口に精液いっぱい出すよっ、ああっ、あぁあああああ！」

どぶびゅっ！　ぶびゅっ、ぶぼびゅるるるっ！

「んんっ⁉　んっ、んんん――っ！」

マグマのような熱い奔流が、詩愛の口腔内を満たし喉の奥へ流れ込んでいく。

思っていたよりもずっと粘っこくて苦く、大量の精子が少女の体内へ取り込まれ。

その瞬間、彼女の鼠径部に刻まれていた淫紋が妖しく輝く。

（あっ、熱いっ、精液熱いっ、体の中も……こ、これ、魔力っ⁉　本当に精液を飲んで、魔力が満たされて……）

「やるじゃないか詩愛。見事に男性を射精に導いたね」

横で傍観していたクロケルの見立て通り、男性の放った「快楽」を詩愛が取り込んだことで淫紋が反応し、射精による快楽をエネルギーに変換し詩愛へ魔力を与えたのだ。

（す、すごい……魔力が、こんなに……それに、精子飲むの、意外と……いいっ……）

苦くてドロドロでとても飲めたものではないのだが、淫紋の影響か飲み下すと身体全体が熱く火照る。

男の精液を飲むということは、こんなにも甘美で淫らな気持ちになれるのか――。

（だ、ダメっ、流されちゃダメ！　これはお姉ちゃんのため、お姉ちゃんに勝って元に戻

すために仕方なく魔力を集めてるだけなんだからっ……）

はしたない思考を振り払うようにし、自らの使命を思い出す魔法少女。

頭を振って邪念を捨てると、使い魔に命じる。

「はぁ、はぁ……く、クロ、記憶の消去をお願い……」

「うん」

まだ射精の余韻に浸っている男性に、クロケルは近づいていき彼の頭に手をのせる。

一般人にはクロケルの姿は見えないし触れられても認識できないので、男性に不審がられることもなく。

次の瞬間に彼は、糸の切れた人形のごとく崩れ落ちた。

「これで目を覚ました時には、詩愛といけない行為に及んでいたことはきれいさっぱり忘れているはずさ」

「ほんと？　よかったぁ……」

ホッと胸を撫でおろす詩愛。このことを憶えられていたら大変だ。学園中等部の制服も見られていることだし、名前まで教えてしまったのだから。

「なんだかんだで嬉しそうに搾精していたよね、詩愛」

「……っ！　ち、違う、そんなことないっ」

使い魔に指摘され、詩愛は真っ赤になって思わず声を裏返した。

だが大声で否定するということは、多少なりともそうであったことを自覚しているからに他ならない。

「いいことじゃないか、積極的に精液を搾ろうとすれば相手の男性だって嬉しくなってより濃いモノを出してくれる。結果として魔への還元率もよくなるんだよ。それでどうだい、魔力の方は」

「う、うん……すごい力がみなぎってくるのを感じた……失われた魔力が回復した感じ、確かにあったよ」

　言われて本来の目的を思い出した。

　下腹部の淫紋は男性の精液を取り込んだ際に反応し、詩愛に失われた魔力を補充したのだ。それを改めてパートナーに伝える。

「そりゃよかった。これでボクの予想が外れていたら、詩愛はいたずらに精液を貪っただけの淫乱少女になるところだからね」

「ひ、ひどいよぉ！」

「冗談は置いておいて、今回の分だけでは今日までに漏出した魔力の補填程度にしかならないし、いま回収した魔力だって淫紋の影響でまた少しずつ失われていく。今後も継続的に男性から精液を貰わないと意味がないことは忘れないで」

「う……まだ、やるの……？」

　そうだろうなとは思っていたが、当分はこのやりたくもない搾精が続くようだ。

　そう、決して本意などではない精液採取を――。

（や、やだっ、身体、疼いてっ……ダメ、流されちゃ……ダメ、なんだから……）

搾精の日々が始まっても、街に魔人や魔獣は変わらず現れる。

初めての搾精による魔力吸収から四時間後、詩愛は魔法少女シアとなって街に仇なす魔人たちといつものように戦っていた。

「ええいっ！　はあ——っ！」

光が弾け、悪鬼が倒れ、闇夜を七色の明かりが照らす。

魔は心の濁った人間と反応しやすいとはいえ、彼らそのものに罪はない。

大金が欲しい、性的快楽を得たいなどといった欲望自体は多くの人間が抱いているのだ。

だからシアは極力魔人を傷つけることなく倒し、魔力封印を用いて彼らから邪《よこしま》な魔を切り離して解放する。

昼は学園の中等部生として勉学に励み、夕方から夜にかけては手ごろな男性を誘って精液を搾り取り、夜は魔人や魔獣と戦う。

大忙しの魔法少女ライフが幕を上げた形になる。

「今の君は戦いで消費した魔力が自然回復しない。とはいえ魔人を放っておくわけにもいかないから、搾精は定期的にしないといけないね」

とはクロケルの弁。

搾精さえすれば魔力は回復するどころか上限値を超えて強くなるため、総合的に見れば詩愛は強くなっている。

しかしその代償として、詩愛は本人の意思かどうかはともかく男性の精液を欲してしまう淫らな精液中毒者のような立ち居振る舞いを余儀なくされているのだ。

「……ふうっ、これで……いい、かな」

どうにか魔人との戦いが終わり、上がった息を整えているとまた身体が疼く。

これまでも戦いが終わると多少なりとも高揚感を覚えていたが、それが淫紋を介して性欲と結びついたのかシアは変身も解かずにスカート越しに秘所へ手を伸ばしていた。

「んっ、はぁ……戦いで魔力、使っちゃったし……また、またアレ、しないと……」

普段なら休めば回復するところを、常時魔力を奪い続ける淫紋のせいで自然回復が許されず、シアの魔力は枯渇しっぱなしだ。

(精液、魔力、おちんちん……おちんちん気持ちよくさせてっ、精液で魔力を集めないとっ……お姉ちゃん助けられないから……)

誰でもいいから、男性を捕まえて搾精する必要がある。

こんなことは本意ではない、姉を助けるために必要なことなのだと言い聞かせながら、詩愛は男を探す。

(うう……わたし、おちんちんも精液も欲しくないのにっ、ドキドキして身体が疼いて……全部この淫紋のせいっ、淫紋さえなければこんなことにはっ……)

そんな折、二人組のサラリーマンと思《おぼ》しき人影が遠くから歩いてくる。

なにやら仕事の愚痴を言いあっている、四十代半ばと思しき中年男性だ。

「本当にもう、毎日毎日残業残業、おまけに明日も早いとかやってられないよ」

「予算抑えられれんし人手も足りないんだよなぁ……あの頭固い常務ときたら」

（あ……二人……おちんちん二本……精液、二倍もらえる……）

先ほどは一人の男性からだったが、二人同時に搾れれば魔力も二倍集まるはず。

これは効率化を図るためであり、決してそれ以外の目的はない。そんなふうに自分に嘘をつきながら、クロケルと頷きあってシアはコスチューム姿のまま彼らの前に現れた。

「はぁ……はぁ……お、おじさんたち……シアのお願い、聞いてくれません、か……？」

「え、なんだこの子？　コスプレ？　こんな夜中に何してるんだい」

「中等部生くらいじゃないか。早く帰らないと補導されちゃうぞ」

二人の中年男性は、突如声をかけてきた変な格好の若い少女に驚く。

白とピンクの華美な格好をした年若い少女は、一般人からすればかなり異質だ。

しかしながら、言葉では善良な大人を装いつつも彼らの視線がコスチューム越しにシアの肢体を舐め回していることはすぐに察せられた。

だからこそ、シアは単刀直入に切り出す。

「ねえ、おじさんたち……わたしに精液、分けてくれませんか……？　わたし、男の人の精液飲むの、大好き……なんです……」

ヒラヒラのスカートをたくし上げ、現役中等部生の生足をちらつかせて淫靡《いんび》に誘惑する魔法少女。ごくり、と唾を飲む音がシアには聞こえた。

「おいおいおい、捕まるわ俺ら」

「いいじゃんか、合意の上なら大丈夫だろ。この子が自分で精液欲しがってんだからさ」

一応は良識というものが彼らにもあるのだろう。

しかし目の前にぶら下がった極上の餌を前に、すでに彼らの肉棒はズボンを盛り上げ、しかるべきことへの準備を整えている。

年若いコスプレ少女が、淫猥な笑みを浮かべて自分から誘っているのだ。

これに食いつかない男の方が珍しい。

「じゃあ、おじさんたちとホテル……行こうか」

「はい……よろしくお願い、します……」

自分でも止められない性衝動のまま、中年二人に肩を抱かれてシアとクロケルは近場のラブホテルへ入っていく。


「わぁ……おちんちん二本、どっちもおっきくて硬い……すっごく臭くて、熱くて……わたしの手の中でビクビク脈打って、精液いっぱい出してくれそう……」

「いやあ、痴女ってほんとにいるんだなあ。今日残業してよかった」

「チンポ両手に握って嬉しそうにしてさ、それもまだこんなに若い女の子が」

ホテルの一室で男二人は全裸になり、シアにたるんだ腹と雄の証を見せつける。

淫乱魔法少女はコスチューム姿のままそれらに手を伸ばし、両方の手で一本ずつ肉茎を握り込んで丹念にしごいていく。

「シアちゃんって言ったよね？　いつもこういうことしてるの？」

「なんでこんなこと始めちゃったの？　お金？　家出？」

三人でベッドに並んで腰かけ、シアの身体を撫でまわしながら手コキさせつつ左右から質問責めしてくる中年二人組。

「あぁ、すっごく柔らかいおっぱいだぁ。シアちゃんは中等部生の割におっぱい大きいね。いつから大きくなったの？　寝る時はブラつけてるの？」

コスチュームの隙間から手を突っ込んで少女の育ちざかりな乳房を揉みつつ、片方の中年が訊いてくる。

「お、おっきくなってきたのは……初等部の五年生くらいからで……んんっ、あはぁ……そ、そんなに胸っ、乳首ぃ……い、一応寝る時もブラは……んっ」

反対側からは少女の白く肉の詰まったすべすべの太ももをねちっこく撫でまわしながら、もう一人の中年がこれまたプライベートなことにズケズケと踏み込んだ事案そのものの質問を浴びせてくる。

「彼氏いるの？　もう初エッチはしたのかい？」

「そ、そんな……彼氏さんなんて、いませ……ひゃうっ」

「彼氏もいないのにこんなことしてるの？　いけない子だなあ。そんなにおじさんたちを誘っていやらしいことがしたいんだ。淫乱な中等部生なんだね、シアちゃんは」

　答えなくてもいいことまでつい答えてしまう。恥ずかしいし、こんなことが露見したら学園にもいられないのに、少女の幼い精神とそれに反して早熟な肉体は過剰に反応し雄を求めてしまう。

　幼い少女の生々しい性事情を知ってますます劣情を掻き立てられた中年二人は、コスチュームを半分以上引っぺがしてシアの肢体をあらわにした上で、揉むだけでは飽き足らず全身を口臭漂う舌で舐め回していく。

「ああおいしい、中等部生のほんのり汗の香りがたまらない、肌もきめ細かくて……じゅるるっ、んべろろろっ」

「はむっ、ふむむっ、じゅぶぶぶっ、ああシアちゃんの腋たまんないよ、それにおっぱいの下側に汗が溜まってて……はあ、はあ、おじさんもう辛抱ならないよ、嫁や風俗の女なんか比べ物にならない、シアちゃんの若くてスケべな身体、ああもうこんなの舐めてるだけで射精しそうだよぉ……」

　くすぐったいし、綺麗とは言えない舌が全身を舐め回していくのはあまり気持ちのいいものではないはずなのだが、それすら快楽に変えてしまうのが淫紋。

　そうして敏感になった少女は、彼らの舌がある場所に到達すると分かりやすく身を跳ねさせる。

「ああっ、おじさんっ……そこっ、そこもっと、舐めて……」

「乳首がいいのかい？　この桜色の綺麗なぷっくりした乳輪、それとこのちっちゃく勃起した可愛い乳首、この乳首がいいのかいシアちゃんは？」

「ああもう、乳首一つとってもいかに俺の嫁がクソだったか分かるよ。まったくエッチな、どこまでスケベな中等部生なんだ、おじさんたちが両方吸ってあげるからねっ」

小さく敏感な蕾《つぼみ》は彼らの舌にきゅうんっと反応し、その存在を主張し始める。

自分の娘ほどの少女の乳首に息を荒らげながらむしゃぶりつき、赤ん坊のように少女の乳を吸い上げていく四十代半ばの中年二人。

「じゅぷっ……シアちゃんのおっぱい美味しいよ、これでミルク出たら最高なのになぁ」

「ごめんねシアちゃん、おじさん今だけ赤ちゃん返りしちゃうけど許してね、んぶじゅっ」

同時に乳首を吸われる二重奏が部屋に響き、シアの身体が疼き、淫紋が妖しく輝く。

いけないと分かっていても、こうなるとペニスへの欲が止まらない。

「あは……おっぱい吸うだけじゃ気持ちよくなれないでしょ……？　ふふっ、おじさんのおちんちん……いただきまーす」

「ああっ、シアちゃん！　洗ってないのに……！」

シアは体勢を変えて、片方の中年ペニスを手コキしたままもう片方の肉竿にむしゃぶりつき精液を搾り上げる。

「おいひいっ、おじさんのおちんちん、わたしこれしゃぶってると安心する……出してっ、出ひてっ、せーえきいっぱいだひてぇえ……」

喋りながらのフェラに亀頭がこそばゆさを感じてビクンと跳ねる親父ペニス。

どちらの中年も獣のような呻き声を上げて感じてくれており、それがたまらなく嬉しくて、もっと頑張って気持ちよくしてあげたいと思ってしまう。

「きもひいい、れすかっ？　うれひいっ、わたひもっと……んじゅっ、頑張り……まふね」

「うぉお、シア、シアぁああ！　こんな夜中におじさんたちを誘ってチンポ気持ちよくさせようなんて、この悪い子め、今からそんなんで将来が心配だぞっ……！」

「日本の教育はどうなってるんだ、こんないたいけな女の子が精液を欲しがって男を誘惑するなんて……くそっ、このっ！　けしからん！」

少女の手技と口技にのけ反りながら快楽を貪り、野太い声を上げる中年たち。

片方の肉棒から口を離し、待たせてごめんねとばかりにもう片方のペニスへ口づけしてから咥えこみ、余ったもう一本は逆に手で優しく愛撫していくシア。

「おぉお……！　ね、ねえシアちゃん、そのピンクの髪は地毛なのかい……？」

「ふぇ……？　そ、そうですけど」

「サラサラで綺麗だねえ。よ、よかったらさ、おじさんのチンポ、その髪でくるんでしごいてくれないかな、ねえ」

手でしごかれている方の中年が、少女の頭を撫でながら興奮気味にそう求めてくる。

変身して伸びた詩愛のピンク髪を使って、より気持ちよくなりたいと邪な情欲を向けてくるのだ。

（か、髪の毛こんなことに使うなんて……でも、それで魔力が強まるなら……）

「は、はい……わかり、ました……」

「やってくれるのかい？　嬉しいなぁ、おおっ、おっ、そうだよ、そうやって、ああっシアちゃんの、シアちゃんの髪が俺のチンポを……！」

言われた通り、シアはピンクの地毛を肉茎に絡めた上で優しく握りしごいていく。

（こ、こんなのでいいの……？）

魔法少女になった際に伸びて色が変わるピンクの髪はシアのお気に入りなのだが、それを性欲処理の道具として使うなど想像だにしなかった。

しかし効果は覿面のようで、中年は野太い声を上げて歓喜に打ち震えている。

（こんな、知らないおじさんたちに、仕方ないとはいえこんなことしてっ……いけないのにっ、もっと気持ちよくなってほしくてっ、勝手に手と口が頑張っちゃってるのぉ……！こ、これは淫紋のせいっ、淫紋のせいでこんなふうに考えちゃってるだけ、全部終われば元に戻るからぁ……）

己を偽り、あくまでも義務だから搾精しているのだと自分を戒めるシアだが、純潔秘所からトロトロと溢れる少女蜜が淫らな欲望を如実に物語っている。

「おぉお、出るよシアっ、そのエッチなお口にいっぱい欲しいものあげるからねっ！」

「こっちも出すよっ、可愛いお顔と、綺麗な髪にありったけ出すよ……うっ！」

ぶばびゅぼぼっぱぶぐりゅりゅっ、どぼぶばびゅっぼぶるるるるるっ！

ぼどぶぶどゅるっりゅりゅ、ぶっぼぬぐりゅるびゅるるっ、ぼびゅっ！

「あはぁあああ――！　せーえきっ、せーえきっ、くっさいミルクいっぱいっ、二倍出てるぅう……！　イクっ、イクっ、せーしたくさん出されてイっちゃうぅうう――！」

顔面と口内のダブル射精をまともに受け、二倍の精液を搾り取ったシアもまた彼らと一緒に絶頂し、ヒクつく若い身体をでっぷりした中年の腹に預けて禁断の味を貪った。

「あはぁ……すごい、せーえきっ、いっぱいっ、いっぱいきたのぉ……あったかいっ、くさいっ、すっごい濃い精子……嬉しいっ、魔力いっぱい集まっちゃうよぉ……」

「うおぉ……なんだこの中等部生口マンコ、すっげぇ搾り取られる……足がガクガクする射精とか何年ぶりだよ……これに比べたら嫁のマンコなんかカスだわ」

「やっぱ現役中等部生にしてもらうってのはやべえな、向こう三週間分くらいのが出たわ……ふう、ふう……ありがとうねぇシアちゃん、おじさん明日からも頑張れそうだよ」

（きもちいいっ、せーえき出してもらうのきもちいいっ……身体が熱くて、魔力も一気にたまって、おじさんたちも気持ちよくなれて……みんなしあわせになれるのぉ……）

だらしない中年肉に溺れながら、シアはうっとりと彼らの唇に自らの可憐な唇を重ねて感謝の気持ちをそっと伝えたのだったが。

そんな彼女が変身を解いた姿で中年二人と一緒にホテルを出て、クロケルによって彼らの記憶を消してからその場を離れる際、物陰から何者かに写真を撮られたことにはついぞ気づくことはなかった。

「音羽ぁ……校則違反じゃないか、中等部生のくせにこんなところでオヤジと援交なんかしてたら……これは明日、呼び出して教育的指導せんとなぁ……」

撮影した画像を眺めながら、その男はこれから楽しもうとしていたホテヘルなどよりもはるかに官能的かつ背徳的な行いに期待して舌なめずりをする。


男たちから搾精を続け、次第に魔力が蓄積されていく詩愛。

この調子で魔力を集めていけば冥愛にも勝てそうだ、とクロケルは言う。

（もうこんなことしたくないのに……まだ精液集めないといけないのかな）

搾精中は淫紋の効果もあって発情し、自分から精液を貪ろうとし、淫紋の効果で精液を魔力に変換できた際は至福感に満たされるのだが、それでもやはり自分がはしたないことをしているという自覚は消えない。

なにより、このようなことをやっていてはいくらクロケルの力による認識改変と記憶消去があるとしてもいつか何者かに露見してしまうとも限らない。

できるだけ早く目的を達成し、元の暮らしに戻りたい。

中年男性二人から搾精した翌日、陽暈《ようん》学園中等部の昼休み。

詩愛は教室内で友達と給食を食べ終え片づけを済ますと、友人たちの会話を適当に聞き流しつつ心の中で相棒に話しかけた。

（……クロ、お姉ちゃんは今どこにいるの？）

（分からない。魔力の反応も見られないんだ、君と対峙していたあの時でさえ。ボクと契約をした時の彼女の『魔』と、今の冥愛の『魔』は別物になっていると見ていいだろう）

教室に浮く黒毛の小動物は、首を横に振って答える。

この教室でクロケルを認識できるのは詩愛だけで、今の会話は魔法少女と使い魔の間で交わせるテレパシーのようなものだ。詩愛の声もそばのクラスメイトたちには聞こえない。

彼の話によると、契約を交わした魔法少女が魔力を用いれば使い魔はそれを探知できるようになっているらしい。だがその反応がまったくなく、雲をつかむようだという。

（どこで何してるんだろう、お姉ちゃん。早く元に戻してあげたいのに）

（焦っちゃダメだよ詩愛。今は搾精で力をつける時だ）

（そうは言ったって、こんなこといつまでもしたくないよ）

出口の見えない戦い。

いつまでにどれだけ魔力を集めればいいのか、目標が見えないと精神の負担も大きい。

こうして学園で過ごしている間も魔力は失われ、早く精液を集めないとまた弱くなっていってしまう。

（精液……男の人……男子……）

詩愛が振り向いた先――教室の後ろの方では、腕相撲で大騒ぎしている男子、ゲームや漫画の話に花を咲かせる男子、机に突っ伏して寝ている男子たちがいる。

彼らを見て、少女は今までにない感情を抱いていた。

（……今まで意識したことなかったけど、男の子ってみんなおちんちんついてるんだよね……クラスの男子全員から精液分けてもらえば、すっごく……）

もしここで自分が制服を脱いで男子たちに近づけば、どうなってしまうだろう。

きっと戸惑いつつも若い雄の欲望に逆らえず、誰か一人でも自分に覆いかぶされば集団心理と本能のままに残る男子全員も自分を――。

（って、なに考えてるの、ダメダメダメ！　そんなの、ほんとに淫乱魔法少女じゃない）

慌てて淫らな思考を振り払う。

いくらなんでもクラスの男子全員と乱交など、そのような非常識な真似はできない。

それに集団で来られたら、何をされるか分からない。

やはり一人か二人ずつくらいで確実に搾精していくのがよさそうだ。

詩愛が溜息をこぼした、そんな折。

『中等部二年一組、音羽詩愛さん。至急指導室まで来なさい』

いきなり放送で呼び出され、詩愛も周りのクラスメイトも驚愕する。

心当たりはありすぎるのだが、認識改変と記憶消去もあるはずだし、それ以外で問題を起こした記憶は一切ない。

音羽詩愛は、真面目な中等部生徒として教師たちからも気に入られているはずだ。

「どしたの詩愛ー？　買い食いでもバレたんじゃない？」

「ち、違う、そんなことしてないもん。もー、とりあえず行ってくる」

からかう友人たちをその場に残し、詩愛は不安に駆られながらも生徒指導室へ向かう。

ノックをしてから一人と一匹が中に入ると、そこには五十代の男性教師がいた。

この学園で体育教師を務めている彼の名は藤本《ふじもと》といい、女子生徒にいやらしい視線を送るばかりか授業においてはフォームの指導と称して身体を触るセクハラの常習犯で、当然ながら女子からは嫌われている。あまりいい予感はしないが、とりあえず口を開く。

「あ、あの……わたし、なんか呼ばれたような……」

「ああ、ちょっと気になることがあってな」

中年教師は大儀そうに椅子から立ち上がると、机に一枚の写真を押しつけながら言った。

「コレに写ってるの、音羽じゃないのか？」

そう言って見せられた、一枚の写真。

それは――。

「……っ！　こ、これ……」

詩愛が昨晩、中年二人とともにホテルから出てくる光景だったのだ。

いったいどうして。

見られていた？

クロケルも気づけなかった？

様々な思考が一瞬で去来し、頭から血が抜けたようにクラクラする。

「その反応を見ると間違いないようだなぁ。いったいどういうことだ音羽。援交かぁ？

オヤジを誘って売春かぁ？　お前みたいな真面目な生徒がこんな重大な校則違反とはなぁ」

「ち、違う、違うんですっ……」

何も違わない。

実際に詩愛がそうして、男性たちとホテルを後にしたのは事実なのだから。

せめて変身したままで出てきていれば誤魔化しも利いたのだが、魔力の温存のために行為の後は制服姿に戻っていたため言い逃れができない。

動かぬ証拠を握られてしまい、意識が遠のきそうになる。

そんな狼狽した中等部生の腕をつかみ、藤本はグイと詩愛を抱き寄せた。

「きゃっ！」

「へへへ、退学にしてやってもいいけどなぁ。音羽、確か一人暮らしだったよなぁ。退学になったら色々大変だなぁ。学園からの補助金も貰ってんだろ？　お前の態度次第じゃ黙っててやってもいいんだぞぉ」

脅迫する気だ。

生徒の弱みを握って性的な行為に及ぼうとしていることが詩愛にも分かり、何とかこの場を切り抜けなければと必死にもがくも男の力には抗えない。

「やっ、やめ、てください、藤本先生っ……！」

「退学になりたくないだろ！　お前が今までやってきたみたいに先生にもチンポ気持ちよ

くしてくれれば丸く収まるんだよ、簡単な話だろ！」

床に押し倒され制服の上着をはぎ取られる詩愛は、使い魔に手を伸ばして助けを求めた。

「く、クロっ、助けてっ！　記憶を……先生の記憶の消去を……いやぁああ！」

「ああん誰に喋ってんだおいオラ、まさかクスリまでやってラリってんのかぁ？　大人しそうな顔してとんだ非行生徒だなぁ音羽よぉ！」

一般人にはクロケルの姿が見えないため、藤本には詩愛が一人で喋っているようにしか見えない。

使い魔は目の前の惨状にしばし黙っていたが、やがて口を開く。

「……いや、詩愛、せっかくだから彼からも精液を貰っておこう。記憶の消去はそれからでもいいだろう」

「そんな……ああっ、だめっ、脱がすのダメぇえ！」

あくまで冷静に言ってのけるクロケルに、詩愛は愕然《がくぜん》とする。

しかし、確かに搾精にはちょうどいい。

今までもこうやって男たちから精液を集めて、記憶を消してもらっていたのだからそれらと何ら変わりない。

（うぅ……が、我慢、しなきゃ……これもお姉ちゃんを助ける、ために……）

そんな覚悟を固めたばかりの詩愛の唇に、でっぷりとした脂《やに》臭い男の唇が上から押しつけられる。

「んぶっじゅぅううう！　ぶじゅじゅるっ、じゅっずぶべゅりゅるるるるる！」

「んん――っ！　んんっ、んむぅう、んんむぅうう――っ！」

いきなり強要される中年とのディープキス。

姉と交わしたファーストキスはまだ彼女の愛情も――狂っているとはいえ――感じられたどこか甘い痺れるようなキスだったが、この男の唇は情欲と劣情しか感じず、おまけに煙草とコーヒーの臭いが口臭と混じって汚いし臭いし気が狂いそうだ。

（いやっ、きたないっ、ひどいっ、こんな……イヤぁああ！）

「つぶはぁあ……へへへ、これで和姦成立だなぁ。なんたってキスは愛しあってる証だからよ、キスしたらもうお互いに好きってことで合意だからな。まあそうでなくてもお前は退学がかかってるからなあ、誰にも言えないよなぁ？」

存分に教え子の唇を堪能した後に藤本はにゅっぽんと唇を離し、涙に濡れるいたいけな少女の顎を掴んでニチャニチャした笑顔を向ける。

「さて、それじゃあキスでギンギンにチンポもおっ勃っちまったことだし、次はその制服越しにも分かるでけぇおっぱいを触らしてもらうか」

「い、いや……」

「退学になりたいのか？　おおん？」

卑劣な脅迫で少女から抵抗する力をなくさせる藤本。仰向けにされた詩愛のブラウスが乱暴に脱がされ、形と発育の良いバストを包むスポーツブラが現れる。

それをさも鬱陶しいとばかりに強引にはぎ取ると、中等部生の中でも非常に優秀な成績といえる乳房がぷるんっと揺れながらまろび出てきた。

「おほおっ、おっぱい、音羽のおっぱい……！　なんだこの大きさは、中等部生のくせにこんなに大きなおっぱいしやがって……！　うぉお、柔らけえ、中等部生おっぱいたまらねぇ……！　ガキのくせにこんなスケべな乳しやがって、校則違反だぞっ……！」

「ひいっ……や、やだっ、揉まないで、触らないでっ、イヤぁ……！」

その極上の雌肉果実を汚い手で揉みしだき、煙草臭い口で乳首を吸い上げる。

雄の欲望のままに若い乳房を弄び、堪能し、味わい尽くす。

「あっ、ああっ、やだっ、んぁあ……」

強く胸を揉まれると、淫紋が反応して快感を与えられてしまう。

少女の可憐な口からこぼれた淫らな声に、陵辱教師は下卑た笑みを浮かべた。

「お？　乳揉まれて感じてんのか変態中等部生は。おっぱい揉まれて気持ちいいのかオラ！」

「ち、違うっ、やめ……んぁああ！」

メアに胸を弄ばれた際は発情媚薬の効果があったが、成長期の乳房は本来非常に敏感で少し揉むだけでも痛む。しかし淫紋の効果がそれを打ち消すばかりか、揉まれる快楽を脳へ流し込むのだ。

「んな声上げて気持ちよくないわけないだろうが！　スケべなことばっかり考えて、男に犯されることばっか考えて雌ホルモン分泌させてるからでけえんだろ。デカパイ女はみんなスケベでド淫乱だからな！」

あまりにもひどい言いがかりに反抗しようとするも、身体をまさぐられて力が入らない。

存分に胸を堪能した卑劣体育教師は、詩愛のスカートも脱がしショーツ一枚にすると、薄くて純白の布越しに少女の尻を堪能する。

「おっほぉケツもいやらしいなぁ、でかくて丸くて張りがあってよ。それに何とも香《かぐわ》しい匂いだなぁ、す――っ、んむふぅううう……！」

「ひっ、イヤぁ、嗅がないで、顔押しつけないでぇ……」

大きく張り出した詩愛の臀部《でんぶ》は、機能性を重視した布面積の広い下着でも完全には覆いきれずに白く丸みのある尻肉をはみ出させる。むしろ色気がない下着こそが中等部生らしさというフェチズムを感じさせ、雄の劣情を煽るのだ。

そんなハミ肉を両手で掴みつつ合間の窪みに団子鼻を押しつけ、はるか年下の女子生徒の尻の感触、そして匂いを堪能する教師の風上にも置けない男。

「だめっ、おねがいやめてっ、お尻それ以上嗅がないでぇえ！」

「うるせえな援交中等部生のくせによ。これが音羽のパンツ、それとケツの匂いか？　えぇ？」

ずっと椅子に座って授業を受けているだけあってほどよく蒸れた尻は、それでいながら決して不快な臭いを放たずむしろ極上のフレグランスとなって雄の股間を刺激する。

「いい匂いじゃねえか、こんな男を誘ういやらしい匂いをこのデカケツから放っといてよ、これで犯すなって言う方がおかしいわな。無意識に男を誘いやがって、このケツ振って昨日のオヤジも誘ってたんだろ。このスケベ尻が！　ふんっ！　ふん！」

「ああっ、あはぁああ！　らめっ、叩かないでっ、やめへぇええ！」

ぱんぱんっ、と乾いた音が指導室に響く。

詩愛の性格に似合わず主張の激しいヒップを指導するべく、ショーツを下ろして柔らかで大きな少女の尻肉へ平手打ちしていく藤本。

たちまちのうちに少女のきめ細かい純白の尻肌が赤く染まり、それがなおのこと男の加虐癖を刺激する。

叩かれるたびに甘い声が出てしまい、詩愛自身未知の快楽に戸惑いを見せていた。

「ケツ叩かれて感じてんのかお前はよ！　中等部生のくせにもうマゾに目覚めてんのか！　援交の上にマゾとかどうなっとんだ、お前の貞操観念はオラ！」

「やらっ、お尻叩かないでぇえ！　んはあっ、はあんっ、お尻……ひぎぃいい！」

「女のケツってのはガキ産むためにデカくなるんだよ！　つまりお前は産むのが大好きで、中等部生のくせにもうケツでかくしてんだよなぁ！　無理やり種付けされて孕まされるのが好きなマゾ女なんだよ音羽はぁ！」

「ちがうっ、ひどいっ、ひどすぎるよぉ……助けて、クロぉ……！」

気が遠くなるほどの尻叩きを経て憔悴しきった詩愛の肉体をゴロンと転がし、とうとう中等部生少女の一番恥ずかしい部分があらわになる。

そこには妖しく光を放つ、淫らな文様が刻まれており。

「ぬお、なんっだこの入れ墨は！　身体に、それもマンコの周りにこんな入れ墨をして、そんなに男を誘っているのかこの淫乱中等部マゾ売女が！」

淫紋のことを知らなければ確かに入れ墨にも見えるそれは、詩愛の大人しそうな外見と相まってとんでもなく淫靡に映る。真面目そうな生徒が股間に入れ墨までして男を誘っているという事実に、藤本はどうしようもない劣情をペニスにみなぎらせていく。

「指導しなきゃな、こんな真面目な顔してスケベな女には先生が直接身体に指導してやらなきゃならないからな！　全部音羽が悪いんだぞ、この男あさり淫乱女め！」

「ひっ、ひどいっ、ひどぃいい！　これにはわけがっ、わけがあってっ、んはぁあ、らめらめぇええ！　淫紋なでちゃらめなのぉおお！」

いくら詩愛が否定しようが、中年教師には通用せず股間のいきり勃ちも収まる気配を見せない。黒ずんだ亀頭が詩愛の秘裂に狙いを定め、ゆっくりと、ゆっくりと近づいていく。

このまま挿入されれば、処女を奪われてしまう。

「ふーっ、ふーっ、音羽のマンコ、中等部生クソビッチマンコに、先生が直接チンポ熱血指導して、現代の教育荒廃を打破してやるからなぁ……！」

搾精はともかく、こんなところでこんな相手に初めてを捧げたくない。

最悪の事態だけは避けようと、詩愛は必死に言い寄る。

「ま、待ってください……口でっ、口でしますからっ、挿れるのだけは……」

ここでフェラによる搾精を行えば、本番行為に及ぶ気力をなくさせてしまえばいい。

精子を一滴残らず搾り取り、挿入は回避できる。

しかし、それは頬に張られた平手によって拒まれた。

「なに言ってんだお前はよ、先生の金玉の中でどうしようもなく濃くなった精液はお前の膣内にぶちまけにゃいかんだろがオイ。お前がスケべなせいでこんなに滾っちまったんだからよ、フェラなんかでどうにかなるもんじゃねぇんだよ」

「や、やだ……」

とうとう、今まで誰の侵入も許したことない魔法少女中等部生のぴっちり閉じた割れ目に醜悪な中年教師肉棒の先端があてがわれる。

犯される。挿入される。レイプされる。

女の子としての本能的な恐怖が、詩愛に悲鳴を上げさせる。

「やっ、やめて、挿れないでぇぇえ！　おねがいっ、それだけは、それだけは……！」

「うるせぇ、どうせ今までもさんざんオヤジどもとセックスしてんだろ！　この淫行中等部生め、先生の教育的指導肉棒を受け止めて反省しろオラ！」

だがそんな悲痛な懇願も空《むな》しく、怒張した肉棒は幼い恥肉《ちにく》の隙間へとねじ込まれていく。

みりっ、みりみりみりっ！　みちっ、ぎち……っ！

「おおっ……まるで新品のような肉穴だ。音羽、こんなマンコで男どもから金を巻き上げてたのか、この淫乱売女生徒め……っ」

「やだっ、おねがい、抜いてっ、抜いてぇえええ！　あ……っ、あぁあああああ！」

何かが切れる感覚を得た。

それに遅れて、信じられないほどの激痛が幼い少女の体内を駆け巡る。

「いっ……イヤぁあああ！」

「おお⁉　なんだ音羽、処女だったのか！　援交しつつ処女だったのか、ブフフフフ、そりゃすまんかったなぁ、でもいやらしいことして金もらってんだからいいんだよオラァ！　処女であろうがなかろうが校則違反だお前は、だから先生が心を込めてマンコに教育してやるから、なっ！」

「ああっ、あがぁあああ！」

ズンっ！　と奥まで突き挿れられる、中年教師の下劣肉棒。

異物を受け容れ無理やり広げられ、大切な処女膜を引きちぎられた。

自分の大切な初めてが、こんな薄汚い教師に奪われてしまった。

(そん、な……！　おねえ、ちゃ……)

最もつらい瞬間に、心の中で冥愛を呼んでしまう詩愛。

今でこそあんな感じだが、彼女は確かにいつも自分を守ってくれていた。

姉がこの様《ざま》を見ていたら、何と言うのだろう。

大切な妹は処女のまま取っておきたかったと言って、さんざん触手で嬲っておきながら一線だけは超えなかった彼女であれば。

きっと、この先彼女を元に戻せたとして、優しくなってくれた冥愛は詩愛が傷物になったことを深く悲しむのだろう。

それを思うと涙がボロボロ溢れてくる。

純潔を奪われた悲しみ、姉に顔向けできない悲痛、こんな男に好きにさせてしまったことへの怒り。そんな少女のない交ぜになった感情などお構いなしに、藤本は雄の欲望のまま中等部生処女肉穴の味を堪能するべく腰を振り始める。

「おおっ、いいぞ音羽……詩愛っ！　詩愛、詩愛！　先生はずっと前からお前のことをな、お前のその中等部生にしては育っているいやらしい身体を見ていたんだ！　教師を誘惑する詩愛のけしからんその身体をなっ、いつか絶対に犯してやると機会を窺っていたんだオラ！　こんなドスケベな身体してる方が悪いんだぞ！　オラっ！　イけっ！」

「やだっ、やだっ、やだぁあ！　抜いてっ、やめてっ、抜いてぇえええ！」

勝手に下の名前で呼ばれ、無理やり犯されていて嫌でたまらないはずなのに、身体はいつの間にか痛みを忘れ、それどころか快感すら覚え始めてきた。

それも淫紋の力によるものなのだが、今の詩愛にそこまで考えられる余裕はない。

「らめっ、はあんっ、おちんちんっ、おちんちんらめぇえ！　やめへっ、おねがいっ、ほんとにっ、んあっ、あはぁああ！」

「やめてと言いつついやらしい声が出てるんじゃないかこの売女、売女、バイタぁああ！

お前みたいな淫行中等部生は徹底的にレイプ指導してやらなきゃならんのだ、オラお前の大好きなチンポだぞ！　もっとマンコ締めてチンポ気持ちよくせんかい詩愛っ！」

どちゅっ、どちゅどちゅっ、ずっちゅじゅっちゅ！

女子生徒に嫌われ教師内でも問題視されている変態教師の肉棒が、中等部内でも発育のよく真面目で可憐な少女の処女雌肉体を蹂躙する。

指導室に淫らな水音と肉のぶつかりあう音が響き、少女の嬌声《きょうせい》と男の呻きがこだまする。

「ふんっ、ふんっ、ふん、詩愛っ、詩愛ぁあ！　詩愛のマンコ、詩愛のマンコぉおお！」

あってはならない神聖な学び舎での淫行、それも聖職者たる教師が生徒をレイプという蛮行。しかしだからこそ彼はこの上ない背徳感でもってペニスを硬くさせ、教え子の処女膣穴を徹底的に犯しまくる。

「あはあっ、らめ、おちんちんらめっ、おちんちん気持ちいいのぉおお！　お願い、これ以上やったら、戻れなく……はぁあああ――――！」

気持ちいい。

レイプされて気持ちいい。

無理やり犯されて気持ちいい。

女ならではのレイプ快楽に中等部生の肉体は翻弄《ほんろう》され、溺れ、戻れない。

「オラ謝れ！　中等部生のくせに援交なんぞしてごめんなさい、先生の肉奴隷になりますって言え詩愛ぁ！　一生、先生の性処理便器になりますって言え！」

「ごっ、ごめんなしゃいっ、ごめんなしゃいっ、えんこー、えんこーなんかしてごめんなしゃい、これからはずっとっ、ずっと先生の性処理便器になりましゅっ、んはぁあ気持ちいいっ、無理やりレイプ気持ちいぃいいい！　ちがうのっ、これはちがうのにっ、おちんぽすごくておまんこ気持ちいいのぉおお！　イクッ、イっちゃうっ、おまんこイっちゃうぅうう！」

「おおおっ出すぞ、膣内《なか》に出すぞ詩愛ぁああ！　淫乱中等部生便器の処女マンコに膣内射精《なかだし》きめるぞぉおお！　先生のザーメンで孕めオラ、孕め！」

そして、詩愛の幼い膣内を荒らす藤本もまた快楽の限界にきており。

そのまま彼女の最奥で、下劣教師の汚濁精液をぶちまけると宣言する。

その一言に、快楽に弄ばれていた詩愛も青ざめた。

「いっ、やだっ、やだぁああ！　なかはっ、膣内はだめっ、膣内に出すのらめぇええ！　妊娠っ、妊娠しちゃうっ、中等部生なのに赤ちゃんできちゃうぅううう！」

すでに子孫を残す機能は働いている十代の少女にとって、膣内に射精されることはすなわち妊娠の可能性をもたらす。

好きでも何でもない五十代の教師に無理やり犯されて、最悪の場合は子どもを孕んでしまうのだ。

未成年にもかかわらず――。

「おねがいっ、先生っ、せめて外にっ、外に出してぇえ！　赤ちゃんいやっ、妊娠らめっ、膣内射精らめぇっへぇえええええ――――！」

「うるせえ、性処理便器には膣内射精しかねえんだよ！　孕めオラ淫乱メスガキ、先生の熱い想いを子宮で受け止めて孕めぇええ！」

だが、詩愛の涙ながらの懇願は通ることなく――――。

ぶっっっどばびゅぼびゅるるるっ、ぶぼばっどびゅぶりゅりゅりゅりゅりゅぅううう！

「――――いっ、イヤぁあああああ！　膣内っ、なかっ、膣内に射精されてるぅうう！　なかだしっ、膣内射精されてイクっ、イっひゃうぅううううう――――！」

とうとう藤本は、教え子の処女膣内に自らの下劣な滾りを本能のままにぶちまけた。

灼熱のマグマを体内に流し込まれるような感覚。

加えてその熱塊には何億というこの男の遺伝子がぎっちりと詰め込まれ、それら一匹一匹が詩愛の狭い膣内を埋め尽くし這いまわっていく。

身の毛もよだつような不快感と嫌悪感、そして恐怖が少女の身体中を駆け巡る。

(あああっ、熱いっ、精液が膣内に……っ！　こんなの、こんなのひどいのにっ、気持ちよすぎるよぉ……！　わたしおかしいっ、おかしくなっちゃってる……！)

だのに、本来ならば絶対に嫌で不快で悲しさと怒りしか湧かないはずなのに、詩愛はこの男による非道膣内射精で絶頂してしまっているのだ。

淫紋の効果が彼女に破滅的な快感を与え、幼い少女の身体に、心に、余すところなく被虐快楽を刻み込んでいく。

「きもぢいいっ、せんせーになかだしされでっ、詩愛の中等部生おまんこきもぢよくでイグのとまんないのぉおおお――！　イグっ、またイグっ、ずっとイってゅのぉおおお――！」

（終わってぇ、終わってぇ、こんなの早く終わってぇええ……！　じゃないとわたしっ、おかしくっ、おかしくなっちゃうよぉ……戻れなくなっちゃう……）

一分近くも続いた射精がようやく終わり、詩愛はぐったりとその場にくずおれた。

同時に藤本も満足げにペニスを引き抜くと、あどけない顔に亀頭を押しつけ精液を拭う。

「……うぉお、やべぇ……中等部生に生ハメ膣内射精するとこんなに出るのか、先生ハッスルしすぎちまったぞ……いいな詩愛、このことは誰にも……うっ」

が、そんな中年男の頭に今まで静観していたクロケルの前足が乗せられたかと思うと、彼はまるで死んだかのように下半身丸出しで指導室に倒れた。

記憶の消去が成功したのだ。

「大丈夫かい、詩愛」

それから使い魔は振り返り、ぱっくりと広がった膣から汚い男の精液をごぷごぷ垂れ流している中古魔法少女に淡々と言う。

「……これはすごい。どうやら口で飲むよりも膣内射精された方がずっと効果的に魔を吸収できて、力が集まるようだね。淫紋の近くで男性の快楽を受け取っているからかな」

「ふぇ……そ、そうなの……？」

「詩愛自身、気持ちよかったろう？　女の子にとっても一番気持ちいいのは膣内射精だし、淫紋の効果も後押ししているからなおさら、ね」

この分なら割とすぐに冥愛の魔力を上回れそうだ、とクロケルは言う。

それを聞いて魔法少女は心中に複雑なものを抱えるも、彼女を倒して魔力封印を施せばこの不本意な搾精も終わると考えて無理やり前を向く。

「これからもいっぱい膣内射精してもらって、効率的に魔を集めよう、詩愛」

「う、うん……」

（膣内射精……ダメなのにっ、こんなこと絶対ダメなのにぃ……気持ちよすぎてっ、また求めちゃうよぉ……）

しかし、順調に搾精が進んでいくと思われた翌日。

陽暈学園高等部に、音羽冥愛が復学してきた。

第三章　姉との再戦、加速する陵辱

イギリスに一年間留学していた冥愛が、陽暈学園高等部に戻ってきた。

詩愛が登校してみたら、さも当たり前のようにそういうことになっていた。

朝礼で表彰され、昼休みには一緒にお弁当食べましょうと中等部の教室に顔を出してくる姉の姿に、詩愛は頭がクラクラした。

これは彼女の用いた認識改変だ、とクロケル。

（学園全体が、お姉ちゃんの認識改変を受けてるってこと？）

（おそらくはね。そもそも冥愛はこの学園に在籍していたことすらないはずだ。それなのに学園に紛れ込んで、生徒教師全員の認識を書き換えている。これはまずい兆候だ）

午後の授業中、一人と一匹はテレパシーで会話していた。

詩愛にだけ認識改変が及んでいないのは、彼女が魔法少女としての抵抗力を有しているからだろうとクロケルは言う。

何を思って彼女が詩愛に再接近してきたのか不明瞭のまま、今日一日が過ぎていく。

誰も冥愛の復学に疑問を持つ者はいないばかりか、担任教師に至っては「お姉さんが帰ってきてよかったわね、中等部生で一人暮らしは大変だもの」などとのたまう始末。

そもそも親がいなくて姉妹二人暮らしならばそこで姉が妹を放って海外留学などおかし

い話だが、誰もそれについて不思議に思おうとすらしない。

加えて不気味なのは、この学園から変態教師・藤本の存在が消失していることだ。

昨日の今日だというのに体育の授業があり、向こうは忘れているとはいえ詩愛は暗い気持ちで授業に臨んだのだが。

「えっ？　ね、ねえ、あの先生誰？　代理？　ふ、藤本……先生は？」

「なに言ってるの音羽さん？　滝沢《たきざわ》先生じゃん。てか藤本って名前の先生いたっけ？」

グラウンドにいた教師は見たこともない若い男であり、それについてクラスの誰も何一つ疑問を抱かない。あたかも入学当時からこの教師が体育の授業を受け持っていたかのように。

これも冥愛の仕業に違いない。自分の処女を奪った憎むべき相手とはいえ彼の身に何が起きたのか、そのことについても不安が残る。

そんなこんなで、今は授業が終わって掃除の時間。

友人から離れて廊下の隅をT字箒で掃きながら、詩愛とクロケルは小声で会話する。

「単独で学園全体を探ってみたけど、敷地ごと強力に認識改変されていて解除できない。ここまでの強引な改変ができるとなると、やはり冥愛の持つ魔はかなり変質し、魔法少女よりもボクたち魔人や魔獣に近づいているみたいだ」

「え……？　クロって魔獣だったの？」

てっきり彼は妖精か何かの類かと思っていたが、魔法少女にとって倒して封印するべく魔獣であることが唐突に判明し戸惑う詩愛。

その魔獣は続けた。

「使い魔って言うくらいだからボクだって魔と反応した動物、すなわち魔獣だよ。それで、近いものを持っているはずだった冥愛の魔力に引きつけられて契約したんだ」

空気中の「魔」は人のみならず、動物と反応することもある。

魔獣となった存在は一般的には魔人と同じように本能が強く出て破壊や殺傷に及ぶが、ごくまれに無害な魔獣が出現することがあるのだという。

善良な心を持つ女の子が、魔法少女になるように。

彼らは魔法少女が本来持たない認識改変や記憶操作などの能力を駆使して彼女らをサポートする一方で、食事や寝床、何より自分自身の安全を魔法少女に確保してもらう。

それが使い魔である魔獣と魔法少女の「契約」だ。

詩愛の場合はそれに付け加え、クロケルの願いに応える形で彼から魔力を分け与えられ魔法少女になっているのだが。

「話を戻そう、冥愛は単独でここまでの規模の認識改変を成功させている。魔人や魔獣にしかできない芸当、すなわちこれは彼女がボクたちにますます近づいていることの表れなんだ。詩愛、もっと搾精ペースを上げて早く強くならないと手遅れになるかもしれない」

「そんな……もっとアレ、やるの？」

まだまだ搾精をしなければならないという未来にげんなりする詩愛。

するとクロケルはそれを読んでいたかのように、こうも提案した。

「それとも、思い切って今日仕掛けてみるかい？　放っておけば冥愛はどんどん魔人に近づいてさらに手が付けられなくなる。君の魔力もある程度は向上しているし、早いうちに叩くのも一つの手だ。詩愛が決めていいよ」

「………………」

詩愛は悩んだ。

ここまで搾精し強くなったとはいえ、姉の狂気を上回れるかどうか分からない。

しかし向こうから接近してきた以上、事態は急を要する。

まだ準備できていないから、と言っていつまでも準備しているようでは何も進展しない。

何より、できるならもう搾精はしたくない。

「わかった！　今日戦う！」

詩愛はこの日をもって、姉との戦いに決着をつけることを選んだ。


「お……お姉ちゃん！」

それから数十分後、高等部生の昇降口から出ていこうとする冥愛を詩愛は呼び止める。

制服さえ着ていない私服姿なのに、認識改変の影響で誰も何も言わない。

「なぁに、詩愛？」

長い黒髪が振り向くと同時に流れ、見慣れた彼女の美貌が柔らかく崩れた。

それは紛れもなく妹に声をかけられた姉そのものの反応で、それ以上でも以下でもない。

だが詩愛は知っている。この一見優しそうな姉が、狂気を内包していることを。

自分へ向ける歪みすぎた愛情のもと。

「なぁにじゃないよ！　今まで何してたの⁉　なんで学園に来たの⁉　わたし、お姉ちゃんを助けるために、あんなこと……うぅん、とにかくお姉ちゃんを元に戻すんだから！」

搾精の日々を思い出し、詩愛は赤くなりつつも冥愛へ向けて宣言する。

不完全かもしれないが、魔力は集まった。

今こそ冥愛を――メアを倒し、魔力封印で元の優しい姉に戻すのだ。

六年の間に何をしていたのかは、そのあとゆっくり聞き出せばいい。

「もう、変な詩愛。そうだ。せっかくだから一緒に帰りましょ？　家は同じだし、姉妹で一緒に帰るのは当たり前だもの、ね」

「お姉ちゃんっ！」

一刻も早く決着をつけたい詩愛にとって、姉の提案は苛立ちを覚えるものだった。

だが一方で、下校中の生徒も多いこの場所で戦うことは好ましくないことも分かる。

それを読んでいたかのように、冥愛は小声で言った。

「今すぐ戦うつもりなの？　そうなったら生徒たちを巻き込んじゃうわ。それでいいなら付き合ってあげるけど」

「う……」

「ふふっ、そうよね。詩愛は人を傷つけられない優しい子だもの。できるなら関係ない人を巻き込みたくないのよね。だから今は一緒に帰りましょ？」

言葉の出ない詩愛に、クロケルがテレパシーで語りかける。

（シア、今の彼女は何をし出すか分からない。ここで逆上させたら本当に学園を巻き込むかも。ここは言うことを聞くふりをしてチャンスを待とう）

（う、うん……）

相棒の意見ももっともだ。姉の様子を窺いつつ、油断はせず一緒に帰ることにした。

並んで帰路につく間、詩愛は冥愛が何を言っていたのか覚えていないし、逆に冥愛に何を話していたかも覚えていない。

頭がいっぱいで、ただ相槌のみを打っていた気がする。

そうして二人と一匹で家につき、冥愛は長い黒髪を結ってキッチンへ立つ。

「久々だからお姉ちゃん、詩愛のために張り切ってご飯作ってあげるね。詩愛はテレビでも見て待ってて」

「………」

油断も隙もない。

まさかゆっくりと休む自宅で、最愛の姉と一緒にいながら、ここまで緊張することになろうとは思いもよらなかった。

やがていい匂いとともに、テーブルに食事が運ばれてくる。

「はぁい、できました。ビーフストロガノフよぉ？　お姉ちゃん、詩愛にまた得意料理を振る舞えて幸せだなぁ。冷めないうちに召し上がれ」

間違いなく彼女の得意料理だ。

小さな頃はいつも食べていて、これが姉の料理の中で一番おいしいと思っていた。

一見あの頃と何も変わっていない姉に、かえって不気味さを覚える。

「い……いらない」

「あらぁ？　お腹すいてないの？」

小首をかしげて妹の態度を不審がる冥愛。

だがこの状況で、この姉に差し出された料理を疑いなく食べるほど詩愛は警戒心が薄くない。

「変なものでも入っているんじゃないかい、冥愛。君が詩愛にしたことは記憶に新しい」

クロケルがそんな詩愛の心情を代弁する。

今の少女にとって誰よりも信じられる味方は、この使い魔だ。

「変なものってなぁに？　料理には材料と愛情しか入っていないわぁ」

「その愛情が、君の中の解釈だといささか飛躍しているようだからね」

いささかどころではない気もするが、とにかくクロケルの言葉が頼もしい。

詩愛も勇気づけられ、彼に乗じてまくし立てた。

「そうだよ！　こないだあんなことされておいて、ハイいただきますなんてできっこないよ！　お姉ちゃんが元の優しいお姉ちゃんに戻るまで！」

「へぇ……お姉ちゃんの愛情たっぷりご飯、食べないんだぁ……そっか、まだお姉ちゃんの愛が足りないからおいしそうに見えないんだね。ごめんね詩愛、お姉ちゃん愛の隠し味が足りなかったみたいだなぁ」

相変わらず話を聞いていない。

やはりこの姉は異常で、一緒に帰って夕食を作ってくれていた姿も見せかけだけ。

それを証明するかのように、冥愛は一度台所へ取って返すと包丁を持ち出して。

「じゃあお姉ちゃんの愛、たっぷり追加するとこ……見てて」

「ひ……っ！」

何するの、という間もなく冥愛は包丁で自らの手首をためらわず突き刺した。

流れ落ちる鮮血がビーフストロガノフに注がれ、見た目は真っ赤に、美味しそうだった匂いは一気に血なまぐさく変貌してしまう。

「ほら見たでしょ詩愛、隠し味なんてこれだけよ？　変なものなんか何も入ってない、材料と愛情だけで作られたお姉ちゃんの心血を文字通りいっぱい注いだビーフストロガノフ、これで安心して食べられるわよね？　ほら、食べて詩愛。食べて？　食べて？」

「や、やめてぇ！」

「よすんだ冥愛！　やはり君は魔人になりかけて狂っている！」

まるで塩胡椒でもかけた程度の軽さで言いつつ、大量出血しながらもグイグイ皿を妹の口へ持っていこうとする冥愛を、クロケルが止める。

「ああ食べないの。じゃあお姉ちゃんが食べようっと、食材もったいないもの」

不満そうにそう言って冥愛は自分の血を流したビーフストロガノフをさも普通の料理のように食べてしまい、ティッシュで口を拭う。

その間、詩愛は姉の異常性と狂気に震えて立ち尽くすことしかできなかった。

冥愛は痛みなどまったく感じていないかのようだ。完全に気が触れており、妹へ向けた愛のあまり痛覚も麻痺しているのかもしれない。魔法少女としての治癒力ゆえか、気がつけば傷も塞がっている。

「ふう……美味しかったぁ。詩愛も食べればいいのに、お姉ちゃんの愛情たっぷりご飯」

「お、お姉ちゃん……やっぱりおかしいよ……うぅん、決めたんだ、わたしがお姉ちゃんを倒して元に戻すって！」

恐怖に脚がガクガクと震えるが、それでも呑まれるわけにはいかない。

自分がやらなければ、誰にも冥愛は救えない。

「……そっか、やっぱりまだお姉ちゃんの愛が分からないんだ。ふふっ、だったらもう一度あの時みたいにお仕置きして、いっぱい気持ちよくしてあげる。もう夜になったし、学園の校庭で待ってるわ」

言うが早いか冥愛は家を後にし、慌てて詩愛が後を追おうとするもすでに姿はない。

ともあれ、戦うしかない。

詩愛は準備を整えると、遅れて学園へ舞い戻った。

夜の学園というものは暗く、どこか恐ろしく、そんな閑散とした校庭に二人の少女が対峙していた。

「ふふふ、来てくれたんだぁ。来なかったらどうしようかと思っちゃった」

「お姉ちゃん……始めよう」

先ほどの狂気を目の当たりにしたものの、時間も経って多少は落ち着いたことで改めて彼女を倒し元に戻さねばと決意を固める詩愛。

もうここからは戦いあるのみだ。

集めた魔力のすべてを費やしてでも、彼女を凌駕し元に戻す。

「その前に、伝えなきゃいけないことがあるの」

ふと、冥愛はそんな詩愛へ向けて口を開き。

それから、彼女にとって最も忌むべき記憶を掘り返す。

「……詩愛、処女《はじめて》を昨日奪われたでしょう」

「っ！」

なぜ知っているのか――と言おうと思ってやめた。

この姉はなぜか、自分の身体の変化や行ってきた自慰の数など、詳《つまび》らかに把握しているのだ。

冥愛はややうつむき、失意からか声を震わせる。

「この間も言ったように、詩愛はお姉ちゃんの大切な宝物。だから未開封で、未使用のまま取っておきたかったのに、あろうことかあんな男にいいようにされて奪われちゃって。お姉ちゃん、悲しくて悔しくて身がちぎれそうだったなぁ」

「…………」

そういう意味では、詩愛の処女喪失は冥愛の目論見から外れたと言っていい。そればかりか大量の膣内射精によって、純度の高い魔力を供給でき大幅に詩愛は強くなった。

（お姉ちゃんが復学ってことで近づいてきたのは、予定外のことに焦って行動してきたのかな？）

（その可能性は高い。今日この時に仕掛けたのも先手を打てた形になるかな）

詩愛とクロケルはテレパシーで会話する。

まだ不安要素はあるが、冥愛も冥愛で計画が狂ったようだ。

だとすれば、勝てる見込みが生じてくる。

しかし眼前の冥愛はそこまで焦っているようには見えず、一方的に語り続けていく。

「お姉ちゃん悲しくて悲しくて、でも詩愛本人の方がよっぽど悲しいと思ってたわ。だからお姉ちゃんにできることはしておいたの。あの男、学園からいなくなったでしょ？　ふふっ、あの変態教師が、詩愛の大事な処女を奪った罪人がどうなったのか知りたい？」

聞きたくない。

この狂った姉が自分に仇なした者をどうしたかなど、だいたい想像がつく。

「安心して、生きてるわ。いくら憎らしいからって殺しちゃったらダメだもの」

「え……」

だが、意外な言葉に詩愛は目をぱちくりする。

まだ彼女にも人の心が残っていたのかと安堵する——間もなく、次の言葉で詩愛の顔は引きつることになる。

「殺したらもうそれで終わりだもの。だから殺しちゃダメよねぇ？　生きたままずっとずっと苦しんでもらわなきゃ。今この瞬間もちゃんと苦しんでるから、安心して？」

「…………」

「視覚と聴覚を奪って、歯は全部抜いて爪を剥がして、両手の指を一本ずつゆっくり折って、腕と脚も折れるだけ折ってからもぎ取ってダルマ状態にして、でも魔力で生命維持だけはさせてるの。この学園、使われなくなった焼却炉があるのよね。そこに閉じ込めてるわ。魔力で絶対に開かなくしておいたから、二度と出てこられないの……うふふっ」

ゆっくりねっとり懇切丁寧に語られる冥愛の言葉によってまざまざとイメージを掻き立てられ、身体中の肌に粟粒が浮かぶ。

想像よりもはるかに無残な陵辱教師の末路は、少女の気分を失墜させるには充分すぎた。

あの優しい姉が、どうしてここまで残虐になれるのだろう。

自分を思っているから？

自分に対する歪んだ愛情が、そうさせるから？

すべては彼女が持つ「魔」の変質がもたらしたことなのだろうか？

「うふふふ、素敵でしょう？　詩愛の大事な大事な、たった一つしかない大切な処女を奪った男の末路にふさわしいでしょ？　あの男は一生、一生、一生！　私の詩愛を犯した罪を背負って生きるの、生き続けるの！　苦しみながらねぇ！　あはははははは！」

冥愛は抑えていた狂気を隠す必要もなくなったのか、高笑いを上げてのけ反った。

その表情は、内面は、完全に狂い果てて壊れている。

もはやそこに、かつて自分が愛した姉の面影はない。

「それともちろん、詩愛の絶対に穢しちゃいけない膣内に入り込んだ汚らわしいあいつのちんぽは、うふふふふ、お姉ちゃん、ちょっとだけ我を忘れちゃったぁ、だって詩愛の初めてを奪った汚い物を見たら、お姉ちゃん、お姉ちゃん……あはははははは！」

頭を片手で押さえ、闇の空を仰ぎ見ながら笑い声を響かせ。

それから、懐《ふところ》より何かを取り出して妹に見せる。

「見て、これ」

そう言って冥愛が無造作に取り出したのは、小さな肉の塊。

口を密閉できる透明な小袋に入っていて、ふにゃふにゃと柔らかい。

それが切り落とされた人間の男性器であることに気がつくまで、数秒かかった。

「とりあえず根元から切り落として、男の象徴を奪われたあいつが苦痛の悲鳴を上げるのを聞いたわ。あとはこれを目の前でグチャグチャに踏み潰して、それを目が抉れる前の最後の景色にして絶望させてやろうと思ったの……」

けれど忌まわしき肉茎は、まだ彼女の手の中にある。

血を抜かれてすっかりしなびてしまったそれは、ウインナーか何かのように小さい。

それを、ビニールから取り出して直接手に持った冥愛は続ける。

「でもね、そんなことしても詩愛は喜ばないし、私も嬉しくない。本来ならずっと取っておくか、あるいは私自らの手で奪ってあげたかった大切な詩愛の純潔……それを他人のちんぽで奪われちゃうなんて耐えがたかったし、詩愛だってつらいわよね。だから思ったの。だったらこれ、お姉ちゃんの『もの』になればいいんだ、って」

言いながら、つまんだ肉棒を顔へ近づけていく冥愛。

「お姉ちゃんの、血肉にしたらいいんだって」

「ま、まさか……」

クロケルが何か言おうとするのを遮り、彼女はとんでもない凶行に出た。

あんぐりと口を開け、妹の処女を奪った肉棒を丸ごと含み――満面の笑みで、グッチャグチャと音を立てながら数度噛み砕き、喉を鳴らして飲み込む。

「ひ……きゃぁああ！」

食ったのだ。

詩愛を犯したペニスを自分の養分とし、体内に取り込むことで名実ともに自分の身体を構築する一部とするために。

　音羽冥愛は、妹を壊したペニスを自分で食べたのだ。

「んん……っ、美味しいっ、詩愛の初めてを奪ったおちんぽ美味しいぃ……んぁあイクっ、おちんぽ食べてイクっ、詩愛の初めて食べてイクぅうう……！」

　男性器を文字通り味わい、咀嚼《そしゃく》し、食い尽くし、飲み込んで、全身をビクビクとわななかせて恍惚とする冥愛。

　誰が見ても明らかな絶頂。妹の処女を奪った男のペニスを切り取って食べることによる性的絶頂を覚える姉に、詩愛はしゃがみ込んで頭を抱えた。

「あはぁ……イっちゃったぁ……これで詩愛はお姉ちゃんが処女を奪ったのとおんなじ……だってお姉ちゃんの血肉が詩愛の初めてを奪ったもの……ふふふっ、詩愛はお姉ちゃんに初めてを捧げたの、お姉ちゃんが詩愛の初めてを奪ったの！　うふふふ、これでよし、これで丸く納まった、これで私も詩愛も幸せ、そうよねぇ？　あははは！」

「ど、どうかしてる！　正気の沙汰じゃない！」

　クロケルが詩愛の気持ちを表明するかのように声を裏返すが、笑い声を上げ続ける冥愛には届かない。

　これで異常ではないと誰が言えようか。

　しかし当の本人は何も間違ったことをしていないとでも言うように、絶頂の余韻を楽しみつつスッキリした表情で語りかける。

「うふふ……詩愛の初めて、おいしかったわぁ……お姉ちゃん嬉しい、妹の処女食べちゃえて幸せ……もちろん詩愛も幸せ、みんな幸せなの！　あははは、あっははははははは！」

「も、もうやめてぇ……」

果たしてここまで狂った姉を、魔力封印したところで元に戻せるのだろうか。

すでに不可逆のところまで姉はおかしくなっているのではないか。

元の優しいお姉ちゃんになって、自分のところへ帰ってきてくれるのか——。

「詩愛、呑まれちゃダメだ！　今日まで何のために搾精してきたんだい！」

クロケルの言葉に、詩愛の迷いが払われて瞳に力が戻る。

今日この日までの不本意で仕方なく繰り返してきた精液採取は、すべてこの時のためだ。

「へぇ……私のあげた淫紋をそんな風に使って、逆に魔を取り込んで強くなったのねぇ。ふふふ、そうしたらお姉ちゃん、あの日よりも楽しめるかなぁ。強くなった詩愛と戦えてお姉ちゃん嬉しい、でもお姉ちゃんに歯向かう詩愛にはお仕置きしなきゃねぇ、嬉しいけど悲しいなあ、お姉ちゃん複雑な気持ちだなあ、だから詩愛のことといっぱい犯してあげるねぇ、そうしたら詩愛も幸せになれるもんねぇ、ふふふふ、あはははは！」

支離滅裂な言動をしながら、両手で頭を押さえてのけ反って笑う冥愛。

彼女の周りでドス黒い魔力が渦を巻き始め、巨大な魔力の大鎌が現れる。

「——魔力解放！　メア、現前！　あぁ、お姉ちゃん、あったまってきちゃったぁ！」

それを握ってのけ反り、魔法少女の姉は狂った叫び声を上げる。

もはや開戦待ったなしだ。

詩愛はブレスレットをつけた右手を高く掲げ、魔力を解放し変身する。

「魔力解放！　魔法少女シア、参上！」

自らを光で包み、全裸になったのちに魔法少女のコスチュームで身を覆う。

髪はピンクになって伸び、ショートボブがツーサイドアップになった。

最後に輝く魔力のフープが出現し、それをかぶって身構えるシア。

――だったのだが、変身した自分自身にわずかな違和感を覚える。

（あれ？　フープが黒い、ような……それに、服も……）

いつもの魔法のフープはピンクを基調にしているのだが、それがわずかばかり黒ずんでいる気がする。

心なしか魔法少女のコスチュームも丈が短い。脚の露出が少し多く、白い腹もちらちらと見えている。

「それは強くなった証だよシア、気にすることはない。メアを倒すんだ」

「う、うん！」

クロケルに言われ、今はそういうことでいいと納得する。

メアを元に戻せばすべて解決するのだ。

「いくよっ、お姉ちゃん！　絶対に元に戻すんだから！」

「いいわよ来てぇ！　私の可愛い妹・詩愛、魔法少女シアぁああ！　お姉ちゃんに想いの丈をぶちまけて、お姉ちゃんを愛してるって伝えてぇええ！　あはははは！」

愛している。

愛しているから、元に戻すのだ。

決して狂った愛情によるものではなく、純粋な姉妹愛でもってメアを打ち破るべく。

「やぁああ――――っ！」

シアの振り抜いたフープから光が放たれ、一直線に姉へ飛んでいく。

先日の戦いよりも格段に密度の増した光魔法。

だがやはり、あの日のようにメアの振るう大鎌に弾かれる。

「いいわ、いいわシアぁああ！　あの時より強い魔力、お姉ちゃん嬉しい、お姉ちゃんにシアの気持ちが伝わってくるわぁああ！」

それでも諦めず、高速でフープを振り回し何本も光を飛ばすシア。

「んふふふ、嬉しいなぁ嬉しいなぁ、一発一発にお姉ちゃんのこと好きだってシアの気持ちが乗ってるのが分かるの、だからお姉ちゃんも……お姉ちゃんも想いを伝えてあげる！」

「くるよ、シア！」

大鎌を振りかぶって地面に打ちつけ、校庭の地下へ魔力を流し込む。

遅れてシアの足元が紫色に輝き、とっさに後退。一瞬前に少女のいた場所から黒紫の魔力が噴き上がり、校舎の屋上近くまで立ち昇る。

相変わらず尋常でない魔力だ。

シアがかわせたのは搾精による魔力向上で、それに伴い速さも底上げされていたから。

「へえ、よけるんだぁ。お姉ちゃんの愛をよけるんだぁ！　だったら受け取ってもらえるまで何度でもあげるからねぇ！　お姉ちゃんの、お姉ちゃんの愛をねぇぇえ！」

大鎌を中央から分割し、柄《つか》だけになった方にも魔力で刃を顕現させ二振りの鎌を両手に持ち、狂ったように笑いながらその場でズドンズドンと何度も両鎌を叩きつけるメア。

「止まっちゃダメだ！　動き続けて！」

言われなくても分かっている。

常にシアのいる位置を狙って噴き上がる魔力の奔流は、動いていれば当たらないのだ。

高速移動しながら魔法のフープから光を放つも、メアには有効打たりえない。

「効いてない……!?」

「落ち着いて！　回り込みながら少しずつ接近するんだ！」

シアに追従するクロケルには戦闘力はないが、メアの動きをよく見てサポートしてくれる。搾精による地力向上と彼の助言があって、なんとかここまでメアに食らいつけている。

「視界を奪って！」

相手の攻撃をかいくぐりつつ接近し、シアはフープを正面に向けて強い光を放ち。

その隙に大きく回り込み、メアの背後をとった。

「今だ！」

「っ……！　きゃあああああ！」

フープから太いビームが至近距離で直撃し、メアは大鎌を握ったまま吹き飛ばされた。

前回とは違い、初めて攻撃がクリーンヒットする。

（や……やった？）

（まだだ、シア！）

「んっふふふふ、痛い、痛いわぁ……でもお姉ちゃん、シアにだったら痛いのも嬉しいわぁ。シアの本気が伝わってくるから、痛いのもすっごく気持ちいいの、あはははははは！」

ユラリと立ち上がったメアは相変わらず狂ったような笑い声を上げながら、今度は両手の鎌を振り回して黒紫の衝撃波をいくつも飛ばしてくる。

「うふふふふ、あはははは！　血が滾っちゃう、お姉ちゃんカラダ熱くなっちゃうの！あの日の、あの時みたいにねぇぇぇ！」

めったやたらに魔力を放つメアだが、そんな中で彼女は戦う妹に言葉を紡ぐ。

「……そう、私たちの親が魔人に殺されたあの時！　私は奴らへの怒りと憎しみが一気に湧きあがったの。今みたいに身体が熱くて、血が沸騰してたまらないくらいにねぇ」

「えっ……？」

「詩愛も知ってるでしょ？　『魔』は邪な感情を持っている人間ほど反応しやすく、そんな人を魔人に変えてしまうって」

その言葉はクロケルからも聞いていた。

人間、多少なりとも邪な心があり、それが強いほど魔人になりやすいと。

それと対極に位置する魔法少女は、若く心優しい純真無垢な少女がなり得るのだと。

それを聞き、まさかと思い当たる。

「お姉、ちゃん……」

「そう……私は魔法少女なんかじゃなかったの、最初からねぇ！」

遠距離攻撃をやめて滑るように移動し、一気にシアとの間合いを詰めるメア。

大仰にのけ反ったのち、両手の鎌で抱き着くように左右から斬りつけてくる。

それをシアは空中に飛び上がって回避、距離を取って着地しフープを構え直した。

そうして、彼女の言葉を確かめるように。

そうであってほしくないと縋《すが》るように。

「お姉ちゃん……もしかして」

シアは、問い。

メアは、答えた。

「そう。お姉ちゃんはあの日、あの憎悪で、魔と反応して——魔人になったのよ」

決戦のさなかに知り得た、衝撃の事実。

実の姉は魔人になりかけているのではなく——もともと魔人だったのだと。

これにはクロケルもビー玉のような目を見開き、声を上げる。

「バカな……！　ボクは君の魔法少女としての力を感じて契約したのに！」

「ふふっ、そうねぇ、そうだったわねぇ。魔人と魔法少女の違いにも気づかないなんて、ダメな使い魔……」

かつてのパートナーだったはずの存在を冷笑し、メアは大鎌に魔力を集めていく。

(お姉ちゃんが……最初から魔人だった⁉)

彼女は魔法少女になったのではなかったのか。

あの日から冥愛は詩愛の知らないところで魔法少女として活躍し、そのさなかに行方不明となったのではなかったのか。

それでクロケルが自分の前に現れたのではなかったのか。

少なくとも使い魔は、そう言っていたはずだ。

「クロ……」

「……ごめん、シア。ボクは完全に騙されていたみたいだ。まさかここまでヒトの形を保ったままの魔人がいるなんて」

横で浮遊する使い魔は申し訳なさそうに、耳を垂らして縮こまっている。

往々にして魔人になった人間は姿形が変わり、ドス黒く巨大になる。

冥愛も身体を触手に変えられるものの、普通の人間と見分けがつかない姿でもいられる。

彼女はクロケルの知る魔人としての定義から逸脱していたようだ。

「メアが最初から魔人で、それに気づかず契約してしまったボクの落ち度だ」

「まあ、魔人も魔法少女も本質的には同じものだから無理もないかもねぇ」

(同じ……)

魔が人と反応して、どちらかに変化するに過ぎない。

カレーと肉じゃがのごとく、主だった要素は同じ。

一歩間違えば、自分も――。

「そう、つまりシアだって！　お姉ちゃんと同じ、魔人になりえるの！　魔法少女と魔人は同質、同じもの、コインの裏表なんだから、うふふふ、うふふふふ……！」

「わたしは……お姉ちゃんとは違うっ！」

フープを強く握りながら、自らに言い聞かせるように詩愛は叫ぶ。

自分は道を誤ったりしない。

彼女を正気に戻し、二人と一匹で幸せになるまで。

「わたしは魔法少女シア！　この力でお姉ちゃんを、学園を、世界を守るんだから！」

「うふふふ、あははははは！　本当？　それは本当なのシア？　あなたが本当に魔法少女だっていう確証はあるの？　自分を証明するモノや言葉なんて、どれだけ信じていてもちょっとしたことで崩れ去ってしまうのに？　もしかしたらシアだって私と同じ、醜くて汚い心の魔人かもしれないのに？　あはははは、あっはははは！」

「わたしは絶対魔人なんかじゃない！　お姉ちゃんも魔人のままにさせないっ！」

「いいわシア、そういうふうに頑固なところも純粋さの裏返しなの、たとえ本質を突きつけられても偽りの景色を見続ける愚直さと清廉さがお姉ちゃん大好き、大好きで大好きでたまらないの！」

再び、魔法少女と魔人の姉妹は激突する。

大鎌を振り上げて攻撃しようとするメアに、シアは握ったフープの中に入って防御しながら突っ込んでいくが。

「どうしたの、動きが鈍くなってるわよ？　お姉ちゃんが魔人だったたって知って、衝撃が抜けきらないのかしらぁ？」

「く……っ、それでも……魔力封印すれば……っ！」

魔人には魔力封印。

そうすれば彼らは元の人間に戻り、社会に復帰できる。

やることは変わらない。

姉を倒し、助けるだけだ。

しかし彼女に指摘されたように、シアは動揺からか動きに精彩を欠いている。

「シア、撤退だ！　ここは退いて力を集めよう」

勝ち目薄と見込んだクロケルが、相棒に告げる。

ここは一度、退《しさ》るしかない。

気持ちに区切りをつけてもう少し搾精を続け、強くなった上で改めて戦うのが最善だと。

だが――。

「逃げられると思う？　お姉ちゃんから、お姉ちゃんの愛からぁああ！」

「きゃあっ！」

足元が不意に砕け、そこから無数の触手がシアの脚に絡みつく。

いつの間にか下半身を変質させて巨大なイカのようになっていたメアが、地下から触手を伸ばして妹を捕らえたのだ。

「くっ、このっ……離してっ」

シアはもがくも、触手は後から後から少女の肢体にまとわりついて離れない。そのままゆっくりと空中へ持ち上げられ、完全に脱出不可能となってしまう。

魔力で焼き切ろうにも腕まで搦め取られ、どうにもできないまま魔法のフープがカランカランと音を立てて落下する。

「シアっ！」

「そこで見ていなさい、クロケル。私たちの美しい姉妹愛をねぇ」

クロケルが触手を噛みちぎろうとしているが、力は貧弱で緩みもしない。逆に触手の一本に搦め取られ、使い魔は空中で拘束されてしまう。

二度目の敗北、そして拘束を味わってしまい、シアは悔しさと姉を救えなかった無力感、そして姉が最初から魔人だったという事実に打ちひしがれて力が入らない。

「うぅ……」

「ふふふ、ほら見て、お姉ちゃんの触手……」

（こ、このままじゃまた犯されちゃう……お姉ちゃんの触手に、いっぱい……）

メアの下半身触手は何本もあるが、そのうち先端の形状が異なるものがいくつかあった。

その中でも先端が扁平で、赤ん坊の小指くらいの粒がブラシのようにびっしりと並んでいる触手が伸びてきて、シアのスカートの中へ潜りこみ股間を執拗に下から上へと撫で上げていく。

「お姉ちゃんがいっぱい、いっぱい犯して気持ちよくしてあげるからねぇ」

「ひぁああ……だめっ、あっ、んう、こんなのっ……！」

「気持ちいいでしょう？　こうやって舐めあげるようにおまんこ擦られると、ツブツブが引っかかって……」

ブラシ状の触手がぞりぞり、ずりゅずりゅと秘所を撫で上げるたびにシアの口からは甘い喘ぎがこぼれ、白い喉を晒して何度ものけ反る。

（こ、これすごいっ、ちっちゃな粒がぜんぶ気持ちいいとこ当たってぇ……切ないっ、おまんこ切なくて、気持ちよくなっちゃうぅぅうう！）

挿入されているわけではないので、あの時のような暴力的な快感ではないものの無数の粒が陰唇に、そしてクリトリスに引っかかって甘美な刺激を脳へ送り込み続ける。

（たっ、耐えなきゃっ、お姉ちゃんを助けるために耐えるの……っ！）

必死に抗おうとするも、少女の身体は快楽に逆らえない。ましてや女の子を絶頂させるためだけに特化している姉の触手を相手に、一週間程度の性経験しか得ていない上に淫紋で敏感になっているシアが勝てる見込みなど最初からゼロだった。

「だめっ、らめ、気持ちいいっ、これきもぢいいっ、らめぇイクっ、おまんこっ、おまんこずりゅずりゅされてイクっ、イっちゃうぅううう！」

身体の中心、膣の一番奥から湧きあがる熱くて淫靡な感覚。これを解放してはいけないと必死に足を閉じ、全身を硬くして抑え込もうとするも、到底こらえきれない快楽の奔流が全身を駆け巡って快楽絶頂へと導かれる。

「んぁああ――！　あぁーっ、あはぁああ――！　イクイクイクっ、イっくぅうう――！」

あっさりと一回目の絶頂を、ブラシ触手の執拗な撫で上げにより味わわされるも。

それでメアが許してくれるはずもなく、絶頂中の妹性器にさらなるブラッシングで悶絶するほどの快感を叩き込む。

「もっとあげるわ、イってからがすごいのよコレは」

ずちゅりゅりゅずっ、ずっちゅぐじゅじゅっ、ぬちゅぬちゅっじゅ！

「あぁあああ⁉　らめぇほんとに、もうイってるっ、もうイってるからやめへぇええ！　んぁあぁらめらめらめおかひくなるっ、もうとめてぇええ！　きもちいっ、きもちよすぎておかひぐなっぢゃうぅううう――！」

数分間が永遠にも思えるほどの、連続強制絶頂。

気の狂うようなブラシ触手による快楽からようやく解放されるも今度は別の触手がぐったりとするシアに取りつき、その成長中Eカップバストに絡みつく。

「ほぉら、おっぱいも……ふふっ、少し大きくなった？」

「んぁあ……おっぱいっ、揉まれてぇ……また胸で気持ちよく、なっちゃう……」

むにゅむにゅと形を変える柔らかな少女の胸。その先端でコリコリと勃起する可憐な桜色の乳首に狙いを定め、別の触手が伸びてくる。

「うふふ、乳首もいじってあげる」

口のように先端が開いたその触手がシアの乳首に吸いつくと、まるで掃除機のように少女の蕾を吸引してくる。その刺激がたまらず、股間部分の悦楽とは毛色の違う快感が電流のように魔法少女の身体を駆け巡る。

「や、やあぁっ、吸われっ、これっ、乳首っ、きもちい……はぁあぁ！」

ブラシ触手でめちゃくちゃにイかされて敏感になっている肉体に、胸を責める触手による二の矢。

幼さの残る少女を、性快楽への耐性が低い少女を、徹底的にイかせ続け。

「イクっ、またイクっ、乳首っ、おっぱいっ、またっ、んんんんん――っ！」

びくびくと上半身を震わせ、シアは先日に続いてまたも胸での絶頂を経験する。

しかも今度は乳房と乳首が同時に、かつ別々にアクメを味わった。

胸全体は胸全体で、乳首は乳首で絶頂する。

（こ、こんなのっ、こんなの知らないっ、こんなおっぱいのイキ方しらないぃ……！）

「どう？　おっぱいと乳首の別々イキは。揉まれて吸われて、四つの性感帯が同時に限界を迎えてイった気持ちよさは……ああシア、本当に可愛いわぁ。お姉ちゃんの触手でどんどん感じやすくなってて、エッチで淫乱な妹……」

「も……もう許して、お姉ちゃん……」

「だーめ。お姉ちゃんの愛が分かってない子には、もっともっと気持ちいいことしてその身体に教えてあげないと……あはっ」

言いながら、メアはどんどん触手を伸ばしてくる。

うねうねと周囲にうごめき、腕や脚に絡まり全身をまさぐる無数の触手。

それらは先端が膨らみ、エラが張り、これまでの短期間でシアが何度も見た男の生殖器とそっくりなあの形状をしていた。

女を気持ちよくさせるためだけの卑猥で凶暴な形状。中にはイボのようなものが生え揃っているものもある。

（お、おちんちんみたいな触手……女の子を気持ちよくしちゃう、エッチな触手がいっぱいぃ……あんなの、あんなの挿れられたらぁ……）

「このおちんぽ触手……シアの膣内に挿入《い》れたらとっても気持ちいいわよねぇ」

「ま、待って、お姉ちゃ……そんなの入らないっ、入らないよぉ……」

とは言っても、先日の藤本の勃起ペニスと同じくらいの太さだ。

入ってしまう、受け容れられてしまう、そんな得たくもない確信があった。

せめてあれが逆にもう少し太かったら、もっと大きな声で入らないと言えたのに。

（きちゃう、触手、おまんこに……挿入《はい》って、ぐちゅぐちゅ膣内をかきまわして、おまんこいっぱいイかされちゃうよぉ……）

期待している。

犯してほしいと求めている。

シアの女の、雌の浅ましい本能が。

自らの中に挿入り得るものを見て、欲しがってしまう。

「ダメっ、だめ、ホントに……やあっ、こないでっ、入って……んはぁああ！」

「あっはぁ……！　挿《は》入った、シアの膣内に挿《は》入ったぁ……これがシアの膣内、シアの中なのねぇええ……！　お姉ちゃん嬉しい、嬉しいわぁ……！」

驚くほどすんなりと、二度目の挿入をシアの膣は受け容れた。

姉のペニス触手が妹の膣内をグチュグチュとかき混ぜ、前後するたびに雌の快楽を叩き込まれ目がチカチカする。

「無理やり犯される女の子の幸せ、たっぷり味わってねぇ？」

「やらっ、もうやめっ、これ、しゅごいぃいい！　お願い抜いてっ、お姉ちゃん抜いてぇええ！　きもちいいっ、おちんぽ触手気持ちいいよぉおお！」

ぬじゅぬじゅっ、じゅっちゅずっちゅ、ぐじゅぐじゅじゅっ！

じゅっぽじゅっぽっ、ずぷぷじゅっぷずちゅっ！

粘性の高い音が響き、無数の触手に全身を搦め取られ空中に持ち上げられた魔法少女の無防備な肉体にレイプの幸福が押し寄せる。

「らめっ、らめぇ、おねがいぃいい！　気持ちいいのやだっ、きもちよくさせられちゃうのやらぁああ！　もうらめっ、おまんこじゅぽじゅぽされてきもちよくなっちゃうのやなのぉおお！　ああっ、あはぁああ！」

「大丈夫、すぐに病みつきになって、自分から犯されたいって思えるようになるわ。女だもの、無理やり犯される幸せに逆らえないようにできてるの、生物学的にねぇ」

そうして愛する妹を触手で抱き上げ自らの一部で犯しながら、メアは語り始める。

「さっき言ったように、私はあの日魔人になった。けど、それでも理性を保っていられたわ。詩愛を守るため、詩愛を傷つける魔人を殺すため、そのことだけを考えて、憎悪の念をすべて敵に向けて戦っていられた。魔人を殺す魔人、それが私だった」

妹の嬌声を、ぐちゅぐちゅと奏でられる粘音を聞きながら、魔人の姉は思いを馳せる。

――大丈夫。詩愛だけはお姉ちゃんが、何があっても守るから。――

――どんな罪を犯してでも、詩愛だけは守ってみせるから。――

魔人となったあの夜の誓いを胸に、自分はずっと戦ってきた。

妹のために、ただそれだけのために。

たった一人を守るために。

「けれどねシア、どれだけ戦っても、どれだけ魔人を殺しても、魔人はいっこうにいなくならないの。いなくならないの！」

だが自分の想いは、この世界そのものが否定する。

「魔が空気中に存在して、人間がこの地球上に存在して、二つは結びついて魔人になっちゃう。人間がいる限り魔人は永遠に増え続けてしまう。いつまでたっても詩愛を傷つける存在はいなくならない、私がどれだけ戦っても詩愛の安全は確保されない。そんな事実が戦えば戦うほど浮き彫りになったわ」

「お、ねえ、ちゃ……はぁああんっ！」

「……だから、お姉ちゃん気づいたの」

そうして、魔人は一つの結論に至る。

大切な妹を守るための、覆しようのない完璧な答えに。

「シアとお姉ちゃん以外の人間を殺せば、もう魔人なんか生まれてこない。シアを傷つける存在は生まれてこないって！　そう、私たち以外、皆殺しにすればいいの！」

人類を絶滅させ、魔人を最初から出現させなければいいと。

そこへ、行きついたのだ。

「そうか……もともと君の持っていた妹《シア》への愛情と、破壊や快楽を求める魔人特有の思考および行動倫理、それらが見事にかみ合ってしまったというわけか。結果として今の君は常軌を逸した妹への愛情、人類を皆殺しにするといった考え、何よりもシアへの劣情を抱いているんだ」

「お、おねえちゃん、そんなのだめっ、そんなのダメぇえ！　んぁああっ、らめっ、おちんぽっ、触手……んはぁああ！」

拘束されるクロケルは合点のいったように呟き、シアはどうにか快感に打ち克とうとするも絶え間なく叩きこまれるピストンに雌肉体の反応を抑えられない。

メアは触手を縮め、空中で犯されているシアを引き寄せて耳元で囁《ささや》きかけた。

「ねえシア、お姉ちゃんに協力して。一緒に人間や動物を根絶やしにして、二人だけの楽園を作りましょう？　そうして、ずうっと二人で愛しあうの。そのためにはシアの魔力が必要なの。お姉ちゃんのお願い、シアはいい子だから聞いてくれるわよねぇ？」

「はあっ、んあっ、そ、そんなこと……やらせないっ！」

魔法少女としての強い意志を持つシアは、快楽の波に翻弄されながらも必死に拒否する。

「お姉ちゃんは魔人になっておかしくなってるだけなの、んんっ、魔力封印で人間に戻せば、元の優しいお姉ちゃんに戻ってくれるからっ……！　あはあっ、お、おかしくなったお姉ちゃんの言うことはっ、き、聞けないっ！」

「どうして？　どうしてお姉ちゃんの気持ちが分からないの？　ねえどうして？　永遠にお姉ちゃんと愛しあえるのに、どうしてシアは嫌がるの？　傷つける存在のいない世界でお姉ちゃんと、いつまでも愛しあうことがどれだけ素敵か分からないの？」

全身をまさぐり粘液を吹きかけながら、メアはシアの顎を捕らえて間近で問う。

正気の沙汰でない濁った赤黒い目が妹を射すくめるも、快楽の中にあってなお折れない少女の瞳はこれを跳ねのける。

「わ、わたし、負けないっ！　お姉ちゃんはもともと優しくて、わたしを守ってくれるいいお姉ちゃんだったの！　そんなお姉ちゃんを取り戻すまで、悪いお姉ちゃんには絶対に負けないっ！　んんっ、んぁあ――っ！」

「分からない子ねぇ。でもこうやって気持ちいいのを味わっているうちに、お姉ちゃんとずうっとこうしていたい、邪魔な生き物はぜーんぶ殺したいって思うようになるの。すでにシアもその身体で分かりかけているはずよ」

グチュグチュとシアの膣内を執拗に触手でかき回し、妹の美しくも淫らな喘ぎ声を耳に入れながらメアは言った。

「もしお姉ちゃんにこのままずっと気持ちよくしてもらえたら、お姉ちゃんと二人だけの世界で愛しあえたら、どんなにいいだろう、って……うふふっ」

「メア！　それ以上シアの心を揺さぶるのをやめるんだ！」

拘束されたままのクロケルが声を張り上げるも、魔人姉は意に介さない。

触手でグイとシアの顎を持ち上げながら、別の触手による妹膣へのピストンをさらに加速させつつ耳元で囁く。

「お姉ちゃんと二人っきりの、快楽だけが続く世界、作りたくないって本心から思っているのかしら……？　今もこうして気持ちよくなってるシアは、その快楽を妨げる存在が目の前に現れたらどうしたいかしら？」

「い、イヤっ……そんなこと、んんっ、ない……！　わたしは、殺したくなんか、ないん、だから……っああっ、あはぁああ！」

敵であっても命を奪わない心優しい魔法少女は、必死に悪魔の囁きから意識を逸らすべく頭を振る。

自分は堕落して魔人になったメアとは違う、魔法少女として必ずこの苦境も乗り越えて姉を元に戻すのだと、自らの使命を心で叫びながら。

そんな頑固な妹に、メアは重ねて言う。

「ねえ、お姉ちゃんに協力して？　そのために淫紋を施したんだから。皆殺しにはお姉ちゃんだけの力じゃ足りないから、シアにも強くなってもらわなきゃいけないの」

「な、なんだって！」

その言葉に、そばで拘束されている使い魔が目を見開いて叫ぶ。

甘い疼きを与えて魔力を流出させシアを弱体化させるはずの淫紋は、搾精によって彼女を強くさせることこそ本来の目的だと言う。

「クロケルは淫紋の性質を逆手に取ったつもりでしょうけど、それも私の計算のうちなの。シアを強くして、二人で邪魔な生命を全て消し去るための、ね」

「そんな……それじゃあボクがシアにさせたことは……」

完全に裏目に出た。

クロケルはメアの施した淫紋の真意に気づかず、いたずらに彼女の意のまま搾精によってシアを強くしてしまった。

自責の念に苛まれながら、それを振り払うように長い耳のついた頭を振って魔獣は言う。

「……まだだ、その過程でシアが君を上回れば君の計画も破算する」

「そう……ならやってみればいいわ、もっとシアを強くさせてごらんなさい。もっともっと、シアに男と交わらせて強くさせてみればいいわ。愛する妹が他の男に穢されていくのを見るのも、それはそれで素敵だわぁ……！」

妹の処女を奪われて吹っ切れたのか、逆にどんどん男たちに大切な妹を差し出すよう挑発するメア。

「ああ、だからねシア、あの教師に初めてを奪われたのを見ていた時のお姉ちゃん断腸の思いだったなぁ。未開封未使用の大切な宝物を穢さざるを得なかったことをねぇ。でもシアが強くなるためには膣内射精での魔力の大幅吸収が必要だから、仕方ないし……でもさっきのでシアの処女はお姉ちゃんが奪ったのとおんなじだから大丈夫よねぇ」

結局、あの時のレイプも膣内射精もメアの計算のうちだったのだ。

妹の大切な処女を他人に奪われたことも、その肉棒を食ったことで彼女の中では帳消しになっている。

「とりあえず、今は徹底的に快楽お仕置きしてあげる。いっぱい気持ちよくなって、お姉ちゃんと二人だけの世界はこんなに気持ちいいってこと、覚えてもらわないとねぇ」

無数の触手で搦め取った妹へ向け、自身の一部である触手がもう一本伸びてくる。

他のものとは違いやや細いそれは、空中に持ち上げられるシアの身体のある一点を目指して進んでいき。

「お尻の穴も……うふふっ、くちゅくちゅしちゃおうねぇ」

「ひっ……や、だめっ、そんなとこダメぇええ！」

先端が繊毛のように細かく枝分かれしている触手が、シアの後ろの穴へゆっくりと迫ってくる。

排泄にしか使ったことのない少女の幼い不浄穴のシワひとつひとつを撫でるように、極細の毛が菊門を優しく刺激していく。

「ふぁああ⁉　おっ、お尻っ、お尻らめっ、そんなとこ、そんなとこさわらないれっ、はあああああんっ！」

このような汚い場所すら姉は劣欲の対象とするのか。信じがたい性癖にシアは戦慄し、反射的に尻穴を窄めて触手を追い出そうとするも繊毛触手は執拗に出口であり入口となるそこの愛撫をやめない。

もちろん全身をまさぐられ、膣穴には今も触手がピストン運動で快楽を与え続けている。この上で尻穴にまで挿入されてしまえばどうなるか、幼い少女には想像がつかない。

（ダメぇ……お尻っ、お尻の穴エッチに触られてぇ……気持ちよくなってるっ、お尻で気持ちよくなってるよぉ……）

「うふふふ、それじゃあシア、このままお尻まんこに挿入《はい》っちゃうわよ……」

出入口を丹念に愛撫していた尻穴用触手が、静かに少女の排泄穴へ侵入を開始する。

「こっちの処女はまだ初めて、そうでしょう？　もう前の処女を奪われ……いえお姉ちゃんが奪った以上、お尻も今のうちに奪っておこうねぇ」

「やっ、やだっ、そんなとこ、そんなとこに挿れられるのやだぁああ！　んぁあああだめっ、挿入《はい》らないでっ、挿入《はい》ってこうとしないでぇええ！」

ゆっくりと、ゆっくりと、きつく窄まるシアの尻穴に触手が入り込んでいく。

今まで出すことしか知らなかった穴の中に、姉の一部が侵入してくるのだ。

性器への挿入以上にあってはならない行為にシアは恐怖しつつも、メアの触手が深いところへ進むたびにえも言われぬ興奮がゾクゾクと押し寄せてくる。

（な、なんでっ、なんでぇええ！　こんなことイヤなのに、あっちゃいけないのにっ、わたし、わたし……感じてるっ、触手おちんぽお尻に欲しがっちゃってるよぉ……！）

ぬぶぶっ、にゅぶぶぶぶっ、ずりゅりゅりゅりゅ……！

「んぁあっ、はぁあっ、だめ、お尻……お尻なんてダメぇええ！」

淫紋が妖しく輝き、尻穴快楽を増幅させる。

全身の快楽に加え、ことさら強烈な処女尻穴快感。

本来ならば初めてで到底感じ得ないアナルが、こんなことで感じてしまってはならない肛内が、淫紋によって簡単に性器と化してしまっている。

「んふふ……こっちの処女は直接、お姉ちゃんがもらっちゃったぁ。どう？　お尻まんこ犯されて、触手が出入りしている快感は？」

「きっ、気持ちいいっ、お尻気持ちいいっ、お尻の穴犯されて気持ちいいのぉおお！」

「おまんこでしょ、シア？　ここもおまんこになっちゃって気持ちいいんでしょう？」

「おっ、おまんこっ、お尻まんこぉおお！　お尻まんこ気持ちいいっ、お尻の穴おまんこになって気持ちいいっ、お尻まんこぎもぢいいぃいい――――！」

下品な単語を言うように強要され、それに従うとますます快楽が渦を巻く。

十代の女の子が口にしてはいけない単語を叫ぶと、自分が卑猥なことをしているという自覚が脳に刻まれて快感を後押しする。

「おまんこっ、お尻まんこっ、同時にずぽずぽされてっ、イクっ、イクのっ、おまんこどっちもイっひゃうぅぅううう！」

「うふふ……じゃあ一気にスパートかけちゃおうねぇ、二つのおまんこで同時イキできるように……あははははは！」

限界直前のシアを一気に快楽地獄へ叩き落とすべく、メアは自らの下半身の動きを加速させる。人外のスピードで抽送を繰り返すダブル触手に加え、胸責めや口への侵入も怠らず、少女の全身を徹底的に犯し尽くす。

ぐちゅぐちゃぐじゅっ、じゅっぽじゅぽずっじゅぷっ！

ぶちゅっ、ずぷちゃっ、ぐっちゅずりゅずりゅりゅ！

「んっあぁああ――！　あーっ、ああーっ、おまんこっ、おまんこぉお！　おしりっ、おまんこっ、おっぱいっ、イクっ、イクっ、全部イクっ、ぜんぶイっひゃうのぉおお――！　お姉ちゃんにっ、お姉ちゃんに負けてっ、お姉ちゃんにいっぱいイかされちゃうのぉおお

お！　きもちいいっ、きもちいいっ、お姉ちゃんに犯されて気持ちいいよぉおお！」

「ああっ素敵よシアっ、お姉ちゃんでそんなに感じる可愛いシア、もっともっと、思いっきり喘いでっ、思いっきりイってぇえ！　お姉ちゃんもイっちゃうっ、全身の触手から体液噴き出しちゃうっ……！　イクぅううう！」

びゅぼびゅぶぶっ！　ぶびゅばぶりゅ、ぼどぶばびゅぼぐびゅるるるるっ！

どっっっっびゅばぶぼっびゅぐりゅりゅりゅりゅ、ぐびゅりゅぶびゅるるるる！

「んぁあああぁ――――！　イクイクイク、イっくぅううううう――――！　お姉ちゃん、お姉ちゃぁあああああああん！　イっちゃうっ、イっちゃうのぉおおおお！」

全身を捕らえている触手から一斉に濃い体液が噴き出してシアを穢し、二穴に挿入されていた触手からも大量に白濁姉精液が中出しされてシアを特大絶頂に導く。

強制膣内射精されれば絶頂してしまうのは、先日藤本に犯されたときに刷り込まれた。

今回は二つの性器に同時中出しされ、二倍以上の快楽がシアを襲い敗北絶頂させる。

「あはぁああ……おまんこっ、おしりっ、おっぱいぃ……ぜんぶ、ぜんぶイってりゅ……シア、また負けちゃった、お姉ちゃんに負けて……イかされちゃったぁ……」

「ふふっ……そうね、イっちゃったわねぇ。それじゃあお姉ちゃんがシアに近づいた、その理由を教えてあげようかなぁ」

全身の触手で射精のような体液放出を行って満足げなメアは、ゆっくりとシアの身体を地面に下ろすと人間の姿に戻り、妹へと近づいていく。

自分の体液をごぽごぽと吐き出し続ける、無防備なその股間へ指をさし。

「その身体に、ね」

「ひゃあっ……!?」

あの日のように妖しく指を輝かせると、シアの淫紋がそれに反応し。

(淫紋が……描き加えられた……?)

先日メアに刻まれたそれが、魔力の重ね掛けによってさらに大きく、複雑なデザインとなってシアの鼠径部に浮かび上がっていた。

「それじゃあまた来るわ、愛する妹シア……その時に改めて、お姉ちゃんと一緒に楽園を作ろうねぇ……うふふふっ」

恍惚として動けない妹と使い魔をその場に残し、メアは不気味に笑いながら夜の学園を後にしていった。

第四章　集まる魔力、止まらない淫欲

メアに二度目の敗北を喫した翌日、失意のまま詩愛は学園に赴く。

ここ数日で色々なことがありすぎて、今日もまた何一つ授業に身が入らない。

教師が何か言っているが、言葉も耳に入ってこないしそもそも今は何の授業をしているのかも分かっていない。

これでは次の定期テストが心配だが、それどころではないのだ。

搾精をして強くなったはずが、メアの力はそれを嘲笑うかのように強大。

尻穴の処女まで奪われ、胃にまで流し込まれた体液の熱さ、そして今まで味わったことのなかった特大の敗北絶頂が忘れられない。

このまま自分は姉に勝てないのだろうかと、ネガティブなイメージばかり立ち込める。

それを打破するには、とにかく搾精による魔力増強しかないのだが、問題はそれだけではない。

（んんっ……だ、ダメ……授業中、なのにっ……また、この淫紋が……）

冥愛と再会した日に刻まれ、先日二度目の敗北の際に重ね掛けされ、大きく複雑な形になった淫紋。

何でもないようなタイミングで股間のそれが疼き、詩愛に強烈な快感をもたらすのだ。

その効果はこれまでのものの数倍におよび、詩愛に「授業中なのだから我慢しなければ」といったまともな判断力すら失わせる。

登校中だろうと昼休みだろうと、我慢できないレベルの性欲が若い少女に押し寄せる。

最初は椅子に股間を擦りつけているだけだったが、我慢できなくなり蛍光ペンでくにゅくにゅと下着の上から陰核をこねくり回し——やがてそれが、下着の中へ指を入れるまでに時間は要さなかった。

いっそ教室中の皆が眠ってくれれば、人目を気にせずここで存分にオナニーができるのにと本気で思い始める。

気持ちよくなりたい、この疼きを収めたい、思いっきり——イキたい。

イキたい、イキたい、イキたいイキたいイキたい——。

その本能的な欲望を抑えきれず、ガタッと立ち上がり。

「す、すみませんっ！　ぐ、具合が悪くて保健室に……っ！」

教師の許可も得ていないうちから、詩愛は教室を飛び出して一目散にトイレへ向かう。

個室へ転がり込み、乱暴にドアを閉めて、スカートを脱ぎ捨てて。

すでにぐっちゃぐちゃに濡れて下着としての役目を果たしていないショーツも下ろすと、幼さの残る発情しきった性器と妖しく輝く淫紋が現れる。

（こ、この淫紋……これのせいで……っ）

これまでは常に甘い疼きを与えるも、まだ日常生活が送れるほどの微弱な快感だった。

むしろそれがちょっと気持ちいいくらいの刺激だったのだが、大型化したこれはまともな学園生活すら送るのに困難を極めるほどの快楽電流が流しっぱなしにしている。

「はぁ、はぁ……オナニー、オナニーしないとっ、収まらないよぉ……」

便座に腰掛け、だらしなく脚を広げて中等部生がしてはいけないはしたないポーズで自慰に及ぶ詩愛。

そこに性の芽生え始めた少女らしい恥じらうようなオナニーはなく、ただ快楽を求めて獣のように指で膣をかき混ぜる強引なそれがあるのみ。

（きもちいいっ、おまんこ気持ちいいっ、指止まんないのぉお！　ああっイくっ、おまんこイっちゃうっ、敏感なおまんこもうイっちゃうぅううう！）

「んん――――っ！　んっ、んんんっ、んんっふぅううう――――！」

便座の上で腰が跳ねる。

大声を出してしまうと廊下にまで漏れてしまいかねないので、反対の手で口をふさいで声だけは抑えたものの、尋常でない自慰絶頂快感が詩愛の身体を駆け巡った。

「はぁ、はぁあ……気持ちいいけどっ、全然足りないぃ……もっと、もっとエッチなこと……ああっでも、教室に戻らないと……もう一回、あと一回イったら戻るからぁ……」

授業を抜け出して自慰にふけるなど、十日前の詩愛であれば考えすら及ばない行い。

しかしながら今の彼女は、快楽が理性を押し流して何よりの優先事項とするまでに染まっていた。

（これも淫紋のせいっ、淫紋がいけないの……わたし悪くないっ、悪くないからぁ……）

絶頂したばかりのぐしょ濡れワレメに再度指を突っ込み、それだけでは飽き足らず左手で八十四センチの成長中バストを揉みしだき胸での性感も得ながらより淫乱な自慰に溺れる真面目で純朴な女子中等部生。

「ああっらめ、おっぱい、おまんこっ、同時にイくっ、イっちゃううう！　んぁあああきもちいいっ、エッチなことするの気持ちぃいいいい――――！」

今度は声も抑えられず、詩愛は色づいた喘ぎを女子トイレ中に響かせて便座の上でのけ反りアクメしてしまう。

ガクガクと身体が震え、快感のあまり膀胱が緩んで黄金色に輝く液体が弧を描いて便器を飛び越し床へ流れ落ちていく。

ぷしゃぁああ……っと儚《はかな》い音とともに、ここ十年は記憶になかった甘美なお漏らしの悦楽に浸る中等部生。

（あぁ……気持ちよくてっ、おしっこ……漏らしちゃったぁ……止まらないっ、止まってくれないよぉ……）

恍惚としながら絶頂の余韻と尿失禁の多幸感を同時に味わい、詩愛はとろんとした目で小水と愛液まみれの幼い性器をなおもくちゅくちゅと弄《いじ》るのだった。

トイレのドア下の隙間から、黄金水が流れていくことも気に留めず……。

「この淫紋は大きくなって力が増している。今までも弱い快楽とともに少しずつ詩愛の魔力を奪っていったけど、今のコレはどんどん魔力を漏出させている。穴の開いたバケツどころか、底の抜けたバケツに等しい」

放課後、帰宅するなりベッドに倒れ込む詩愛にクロケルは切り出した。

今日だけで何度も自慰にふけり、学園に授業を受けに来ているのかオナニーしに来ているのか分からないほど禁じられた一人遊びに溺れた詩愛は、体力も魔力も尽き果てて動くことすらしんどい。

そうして、枕に顔を埋めながら淫乱自慰狂い魔法少女は力なく零す。

「そんな……じゃあもう、お姉ちゃんには絶対に勝てないの……？」

「いや、淫紋の力が増しているということは搾精による魔力収集の効果も増大しているはずだ。諸刃の剣だけど、君はますます強くなれる」

快楽をエネルギーに変換して外へ漏出させてしまう淫紋。

逆に男性の快楽である射精を自身の体内で行わせることで、彼らから得る快楽を変換して魔力を得ることもできる。

二面性を持つ淫紋の効果が、より両極端になった形だ。

だがこの淫紋自体が、冥愛にとっての鍵だということは先日聞かされている。

淫紋を刻み、詩愛に搾精させ、そうして彼女を強くさせた上で冥愛は詩愛とともに世界を滅ぼして自分たちだけの楽園を作るという荒唐無稽なことを考えている。

力をつければつけるほど、冥愛の思惑通りに事が運んでしまう。

「とはいえ、何もしなければ君はどんどん弱体化していくだけで冥愛を元に戻すことはできない。危険な橋だけど、彼女を救うにはこの淫紋を利用するしかない」

詩愛に搾精を促してきたのはクロケルだ。

彼は冥愛の狙いに気づいていたのだろうか、と詩愛は考える。

ひょっとしたら、クロケルは冥愛と裏でつながっているのでは——そんな疑念が小さく詩愛の胸に浮かび上がる。

しかし彼は冥愛が魔人だったことに気づかず、彼女の裏をかいたつもりが逆に利用されていたことに動揺していたことからその線は薄そうにも思える。

今の自分の助けになれるのはクロケルだけなのだ。

まさかこの使い魔が元パートナーといえども、今の狂った姉の手助けをしているなどとは思えないし、思いたくない。

「それに、こうなったことにはボクに責任がある」

そんなふうに考えていたら、詩愛のわずかに残る疑念を払うようにクロケルは言った。

「冥愛が魔法少女ではなく、最初から魔人だったことに気づけず彼女と契約を交わしてしまったことは、取り返しのつかないボクのミスだ。淫紋を逆に利用しようとした搾精も、読みきられていて結果として詩愛を追い詰めてしまった。だから……」

「く、クロ？　きゃっ！」

「ボクも、それなりのことをしなきゃいけない」

何かを決意したかのように、クロケルは目を閉じると。

突如、使い魔の身体が強く光る。

その光は部屋中を照らし、詩愛の淫紋へ吸い込まれるように集束していく。

そうして光が弱まったとき、その中心にいたクロケルは――。

「……クロ!?」

(クロが、ちっちゃくなっちゃった!)

猫ほどの大きさだった使い魔が、ハムスター程度のサイズに縮小してしまう。

プルプルプルと小さな身体をよじらせ、改めて詩愛の眼前に浮かび上がる使い魔。

突然の異変に、詩愛は声を裏返す。

「だ、大丈夫? なんでちっちゃくなっちゃったの!?」

「平気だよ。ボクの力の半分を削って、魔力《それ》を詩愛の淫紋に与えたんだ。完全でないにせよ、これで魔力の漏出は抑えられる。けれど搾精による魔力増幅の効果は強まったままだから、これで君はより強くなりやすくなったはずだ」

「で、でもクロが……」

「ボクなら心配いらない。認識改変や記憶の消去は問題なく行えるしね。ちょっと寿命が減って……消費エネルギーを抑えるために小さくなっただけさ」

ハムスターサイズになってしまった黒い使い魔を手のひらに乗せ、詩愛は大きな瞳に涙を浮かべる。

六年の付き合いになるこの使い魔。搾精を促してきたあたりで初めて彼に若干の違和感を覚えていた詩愛だが、思い起こせばいつもいつも彼に助けられてきたのだ。

姉がいなくなって一人ぼっちの自分を慰めてくれたし、戦いでは一度もサボったり逃げたりすることなくサポートをしてくれる。加えてここ数日の冥愛関連のことでは、心が折れそうになる詩愛を何度も言葉で支えてくれた。

そして今、文字通り身を削って献身してくれている。

ここまでしてくれたクロケルが冥愛の側についているとは思えない。

「何度も言うけど、ボクだって冥愛を元に戻したい。二人が幸せに暮らせるように引き続き助力するから、詩愛もここが踏ん張りどころだと理解してほしいんだ」

「うん……わかってるよ、クロ。ありがとう」

メアの強さを改めて思い知り、もっと搾精をしなければならないと焦る詩愛にとって、淫紋の効果が強まったのは渡りに船といえる。

加えてデメリットも抑えられ、流れは自分の方に傾いてきていることを感じる。

詩愛は決意を新たにしつつも、疑念が払われたことによる安心感もあり、くたくたになった身体を休めるべく制服のまま寝入るのだった。

その翌日も何かにつけ授業を抜け出しトイレでオナニーにふけりつつも身体の疼きを止

められず、発情しっぱなしでなんとか放課後まで過ごした詩愛は、放課後になると学園を出て、あらかじめ定めた搾精の目的地へ歩いていく。

「とりあえず、君のここ数日の搾精による結果をまとめるとね」

その道中、負のエネルギーを持つ人間の精液の方が魔力の還元率が高いようだと、ハムスターサイズの黒い使い魔は言った。

これは日ごろ抑圧された鬱憤を、詩愛という犯すにはちょうどいい少女の肉体で晴らそうとするからだとのこと。

加えて、処女喪失の折に味わったように膣内射精でその効果はさらに高まる。

「要は負のエネルギーを感じる人間に膣内射精されると、より効率よく魔力が集まるんだ」

「…………」

好きでもない男性とセックスして膣内射精までされる。

遊び歩いているならともかく、真面目で純朴な中等部生がそれに耐えられるはずもない。

姉とのことがなければ話にすらならないレベルだ。

けれど言い出しっぺのクロケルは、自分のミスに責任を感じ文字通りに身を削ってくれた。自分も頑張らなきゃ、そんな思いが詩愛の足を動かす。

「というわけで、目的地も近い。適当に目をつけて、集めておいでよ」

「うぅ……簡単に言わないでよ」

詩愛たちがやってきたのは、学園近くの河川敷。

目的はもちろん、強化淫紋の効果で大量の魔力を補充し、強くなるため。

そのために、負のエネルギーが満ちていそうなこの地にやってきた。

点在する青いビニールテント。その中に詩愛の欲する、「負」が強い精液がある。

そう、金も地位もなく女も抱けない、社会の枠にすら入ることができないであろうホームレスであれば、相当強い魔力の供給が見込めるという算段だ。

適当な一つのテントに近づき、恐る恐る入ってみる詩愛。

「う……臭いっ……」

中には缶ビールやつまみや薄汚れた成人向け雑誌が無造作に散乱しており、不衛生な空間の中心で蛹のように寝袋にくるまっている何かがある。

このテントの主は昼間から寝ているようだ。

詩愛は彼のもとに歩み寄り、寝袋をゆすって声をかけた。

「あ、あのっ……」

「んが……ああ⁉」

目を開けたらいきなり可愛らしい中等部生が覗き込んでいて、まるで夢のような事態にホームレスは跳ね起きる。

「起こしちゃってごめんなさい……わ、わたし、わたし……」

寝起きで困惑するホームレスだったが、彼はさらに混乱した。

目の前にはこんなところに入ってくるはずもない女子中等部生。

その彼女が、制服のスカートをめくっているのだ。

これからしちゃうんだ、といったいけない思考に反応した淫紋による強制発情の煽りを受け、瞬く間に詩愛は淫乱スイッチが入ってしまう。

ホームレスでもなんでもいい、犯してほしい。

「男の人の……おじさんの精液が大好きで……よかったらわたしのおまんこ、好きなように使ってくれませんか……？」

「お、おぉお……こ、これは夢だな、俺はまだ夢を見てんだな、そっか、じゃあ中等部生が目の前にいてもおかしくないし、犯してもいいんだよな、な！」

犯してはいけない初々しい中等部生が自分から迫ってくるのだ。まともな男なら耐えられるはずもなく、困窮生活を強いられるホームレスであればなおのこと。

性欲に従い、彼は詩愛を不潔なテント内に押し倒し、そのまま無精髭に覆われた、腐臭漂う口を近づけて、少女との強制接吻を交わす。

劣情を掻き立てられた男による乱暴なキス。

それを詩愛の可憐な唇は抵抗なく受け入れ、ヘドロのような唾液を流し込まれる。

（んんぐっ、よだれ、また飲まされてぇ……嫌なのにっ、こんなのダメなのにっ、美味しいって思っちゃうよぉ……）

強化淫紋の効果で淫乱になっている詩愛にとっては、汚い唾液の方がむしろ興奮してしまう。臭い男に覆いかぶさられ、不潔な唇を押しつけられ、胸を揉まれながら汚濁した唾液を流し込まれる。

それが嬉しくて、気持ちよくて、身体が疼いてたまらない。

「んん？　キスいいのかオイ？　こんな汚いホームレスにわざわざ近づいてスケベなことしようなんざ、とんでもないガキだなっ、ほら舌出せ！」

（キスっ、もっとキスしてぇええ！　汚いおじさんとのキス素敵っ、汚いおじさんによだれ飲まされるのが好きなのぉお！）

存分にキスを堪能した浮浪中年は、次にヨレヨレになったズボンから腐臭漂うペニスを取り出し、限界にまで高まったそれを見せつけてくる。

ここ数日で何本ものペニスを見た詩愛だったが、彼の肉棒はことさらに汚く、そして悪臭を放っていた。むあっとした臭気が目にも見えるかと思うほどだ。

本能的に忌避してしまう強烈な臭いがする雄のシンボルを、少女のぷにぷにの頬へ押しつけていくホームレスに、嫌悪感からか足の裏がゾワゾワする。

「へへへ、もう一か月は風呂に入ってねえチンポを咥えてもらおうか。こういう汚ねえチンポが好きなんだ……ろっ！」

「んぐっ、んんむぅ――っ！」

不衛生そのものの洗っていないペニスが、中等部生の小さな口へ突き挿れられる。カリの下あたりには腐ったヨーグルトのような何とも言えない物質がこびりついており、口の中に入り込むと激甚な苦味と酸味を舌から脳へ送り込む。

「チンカスまみれのチンポしゃぶれ！　ホームレスのチンポ好きとか最近の中等部生はどうなってんだオイ！　オラ味わえガキっ、チンポ狂いの淫乱中等部生が！」

（すっ、すごいっ、臭くて汚いぃいい！　やなのにっ、なのに身体が悦んでるっ、汚いおちんぽしゃぶらされて嬉しくなっちゃうぅぅう！）

不潔で不衛生で、不快でしかない汚れたペニスが嬉しい。

自分からむしゃぶりつき、顔を前後に動かして口腔性器で薄汚い宿なし男の精子を搾り取ろうとする可憐な少女にホームレスはあっさりと絶頂を迎える。

「うぉお、オオオ――――！　出すぞガキっ、その口マンコに思いっきり、うぉおおお！」

「んんっ、んんん――――っ！」

どぶぶっ！　ぶどびゅるるるるぶっ、びゅぐるるりゅ！

（出てるっ、いっぱい出てるっ、おじさんの精液いっぱい出てるぅ……魔力集まるっ、汚くて濃い精液が魔力になってくっ、力がみなぎってきちゃう……）

口に射精されただけで大幅に魔力が高まっていくのが分かる。

強化淫紋のおかげで魔力の還元率も高く、弱体化も著しいがそれを補って余りある力が詩愛に集まる。

（こ、これぇ……癖になっちゃうっ、魔力いっぱい集まるの気持ちいい……）

この劣情まみれのホームレスが一回で終わりなどということはないだろう。

おそらくはあと二、三回、射精できる精子がその睾丸に残っているはずだ。

それを膣内射精してもらえば、更なる魔力と絶頂が――。

期待に胸を膨らませて、ホームレスのペニスから口を離し。

淫らそのものの表情で、詩愛は肉棒をしかるべき穴へ誘う。

「ねぇおじさん……今度はわたしのここ……っ、使ってみません、か……？」

「へへへへ、そんなにマンコで犯してほしいのか。当然膣内射精していいんだよなぁ、淫乱中等部生にはよぉ」

案の定、彼は射精直後にもかかわらず雄肉棒をみなぎらせて詩愛へ近づくが。

その彼が、突如苦しそうな呻きを上げた。

「ふぁ……？　おじさん、どうしたんですか？　早くわたしのおまんこに、そのおっきくてくっさいおちんぽを……」

「う、ウゥ……ウガァアア……」

苦しみ方が尋常ではない。

それに気づいた時にはすでに遅く。

「アァアア、アガァアアアアア！」

ホームレスの身体が茶色く輝き、テントを突き破って巨大化し。

真っ黒な表皮に覆われた身長三メートルほどの、人外の存在と変貌した。

「ま、まさか……」

「魔人だ、詩愛！」

壊れたテント外にいたクロケルが乱入し叫ぶ。

よりにもよって行為の最中に、ホームレスは空気中の魔と反応して魔人と化してしまったようだ。

「早く変身を！　魔力解放して！」

（な、なんで!?　いきなり魔人になるなんてっ、そんな……！）

あまりの出来事に、一瞬だけ反応が遅れる詩愛。

その一瞬が命取りだった。泥水を圧し固めたかのような濁った色に輝く、縦幅も横幅も自分の倍以上ある魔人となったホームレスが、そのまま詩愛に覆いかぶさる。

「グヘェエエ……ヤラセろ、ヤらせろォオオ！」

「ま、待って、待……んはぁあああ！」

体重もまた増加しているようで、変身前の詩愛の力ではびくともしない。

このままでは本当に危険だ。

「詩愛、変身するんだ！」

「だ、ダメ……お願いっ、やめ……」

魔力解放しようとするも、押しつぶされて力が入らない。

必死にブレスレットを巻いた右腕を伸ばし、精神を集中させて変身する。

「魔力……解放っ……！」

どうにか魔法少女になったシアだが普段の半分も魔力が集まっておらず、淫紋による大幅な弱体化を余儀なくされていた。底の抜けたバケツとクロケルが評したように、強化淫紋によって力のほとんどが漏出している。

　そのデメリットは彼の挺身によって抑えられてはいるが、そうなる前に失われた魔力の損失が先のフェラによる搾精では補いきれていなかったのだ。

　押しつぶしていた魔人を跳ねのけることもできず、結果としてただ着替えただけに終わってしまう。

「ウォオ、なんだお前、漫画みたいに変身すんのか！　ゲヘヘその姿もエロいなぁ、チンポがますますいきり勃つぜぇ！」

「やめてっ、やめてぇええ！　服っ、脱がしちゃだめぇえ！」

　せっかく変身して着直したコスチュームが半脱ぎにされ、少女の中等部生にしては豊かなバストが再度あらわになってしまい。

　その柔乳を魔獣の握力で揉みつぶされ、痛いはずなのに敏感になった少女の胸はあっさりと絶頂してしまう。

「んはぁああ！　おっぱいっ、おっぱい潰さないでっ、おっぱい揉みつぶされてイっくぅう！　おっぱい、おっぱいきもちいいっ、おっぱい揉まれてイってるのぉおお！」

「乳揉まれてイってんのか淫乱変身少女がオイ！　そんなスケベ中等部生の女には、ホームレスチンポで仕置きしなきゃならねえなあ⁉」

　自分の半分くらいの大きさしかない女の子を簡単に組み伏せ、股間の凶暴な雄魔人槍を見せつける元ホームレスに、シアは「ひ……っ」とすくんでしまう。

（う、うそっ……おちんぽが、巨大化してるっ……）

魔人と化して体躯が変化し、ペニスもそれ相応に大きくなって勃起している。

人外の大きさとなったそれは、軽く見ても四十センチはあるし、イボのような突起が並んでいてグロテスクなことこの上ない。

あんなものを膣内に挿入されでもしたら――。

「ま、待って、そんなの入らないっ、入らないからっ！」

「うるせぇ、女は男のチンポが入るようにできてんだよ！　いいからハメさせろ！」

必死に懇願するも文字通りに性欲魔人となった彼には届かず、中古品とはいえ幼さが残るシアの膣穴は巨大魔ペニスで無理やり押し広げられ蹂躙されていく。

「あ……っ、ああっ、あはぁあ……！」

痛覚は魔法少女になったことで緩和されているが、それでも身体を内側から引き裂かれていくような痛みを感じる。

あるいは処女を奪われたあの時以上だ。

なのに、それなのに、シアはこの苦境にあって感じてしまっている。

（うそっ、うそっ、気持ちいい……!?　痛いのにっ、痛いの気持ちいいっ、無理やり魔人おちんぽに広げられて気持ちよくなっちゃってるのぉ……！）

これも淫紋によるものゆえか。

痛みと快楽がない交《ま》ぜになった未知の感覚を楽しみながら、シアは魔人のものを半分ほど受け容れ――。

「ふん……ぬうっ！」

「んぎっ、んがあっ、あっはぁあああぁ――！」

残りを一気に突き挿れられ、可憐な魔法少女は背骨が折れるほどにのけ反った。

勢いよく突き込まれたそれは少女の腹を内側から押し上げるほどで、内臓がひっくり返るような快楽で脳をかき回される。

「あ、ああ……おねがい、抜い、てぇ……んああっ、らめ、動くのらめぇえええ！」

それればかりか魔人は雄の本能のまま、少女の小さな腰を掴んで前後に、激しくピストン運動を開始する。

竿部分のイボが膣壁を刺激し、出し入れのたびにシアへ未知の快楽を与え。

巨大かつ強大な亀頭の一撃は、子宮口を無理やり押し通って子宮内にまで届く。

「ウォオ、なんて絶品なガキマンコだ！　オラァチンポだ、チンポが好きなんだろ女はァアア！　オラ！　イけオラァ！　オラァアア！　イキ狂えオラ！」

「あああっ、あがぁああ！　おねがい抜いてっ、壊れるっ、こわれちゃうぅううう！」

突かれるたびに腹がボコっと出て、いまにも貫通して亀頭が出てきそうだ。

視覚的な恐怖が詩愛を包み、恐怖が快楽になって危険なセックスの虜になってしまう。

「こっ、こわいっ、こんなのいやっ、いやなのにぃいいい！　すごいの、おちんぽすごいの、お腹にまで届くおっきなおちんぽしゅごいぃぃいい！」

十代のいたいけな少女の腹を裏側から突き上げる極太ペニス。

少女の小さな身体を破壊しようと思えばできてしまう、それだけの攻撃性を示すように一突き一突きが暴力的だ。

快感の中にありながら本能的な死への恐怖を感じたシアは、絶頂しながら泣いて叫ぶ。

「死んじゃう、しんじゃうぅぅうう！　こんなすごいのでおまんこ突かれてっ、わたひのからだ壊れて死んじゃうのぉおお！　んあぁあぁあイクイクっ、死んじゃうっ、イクっ、おねがいゆるひてっ、ゆるひでぇええ！」

「うるせえ死ねオラ！　チンポで壊されてイキ死ね！　女はイキながら死ぬのが幸せなんだよ、壊れようが俺の知ったことかオラ！　死ね！　チンポで死ねメスガキ！」

だが、男とは本来女を犯して自分だけが気持ちよくなればいい生き物なのであり、その過程で女が死のうが関係ない。

女は道具であり、壊れたら別の道具を使えばいいだけ。

魔人と化した彼もそういった男ゆえの当然の思考回路のまま、使い捨てオナホールを存分に味わい快楽を貪る。

一方で、男にそう扱ってもらえることにシアの中の雌本能が悦びの嬌声を上げてしまい、少女は快楽と死の境目を反復横跳びしながら、もっともっとと凶暴ペニスを求めて膣を締め上げる。

「しゅごい、しゅごいっ、おちんぽしゅごいぃいいい！　ぶっとくてでっかいおちんぽっ、女の子のことめちゃくちゃにきもちよくするおちんぽぉおおお！　おちんぽ好きっ、魔人おちんぽ好きっ、魔人に犯されるのしゅっごいぃいいいい！」

人外のペニスに、膣をごりごり広げられ腹を内側から突き上げられる感覚。

無理やり犯されるという、女としての快楽をえげつないほど叩き込まれ詩愛は海老反って何度も何度も絶頂する。

「もっと、もっと犯してっ、魔人ちんぽでもっとシアのことレイプしてぇええ！　イクイクイクっ、ずっとイってるっ、イくの止まんないのぉおおお！　きもちいいっ、魔人レイプぎもぢぃいい――！」

「ウォオオ射精すぞっ、女のマンコに精液全部出してやるからな、有難く受け取りやがれメスがァアア！　オオッ、オォオオ、オォオオオ――！」

天が震える雄叫びのもと。

魔人となった彼は、パンクしてもおかしくない量の特濃魔人精液を、シアの子宮の中へ直接ぶちまけた。

どぶっっっっぶぼばびゅりゅぐりゅりゅりゅっ、どぶぶぶぶっびゅぐりゅるるる！

ぼばぶっびゅぐぶゅばべゅっびゅるぐるるるっ、ぶっっっどばびゅぼぶぶりゅりゅ！

「はぁあああ――！　せーえきっ、なかだしっ、魔人せーえき膣内射精ぃいいいい――！　きもちいいっ、おまんこっ、おまんこなかだひされでイっでりゅうう――！

こんなのらめっ、こんなすごいのらめっ、魔人に犯されるのしゅごすぎておかひくなっぢゃぅううう！　まだでてりゅ、まだでてるのっ、まじんのちんぽすごすぎりゅぅうう！」

「オラァア孕め、ガキがガキ孕めェエエ！　俺のザーメンでガキ産めっ、ウォオオ！」

ぶびゅばばばびゅぶっ、どっぽびゅるるっ、びゅぶぶっ！　ぶびゅ！

魔人は満足するまで三分近い射精を小さな子宮に叩き込み、その間少女はずっと膣内射精絶頂に身を震わせ後半からは「あーっ、あー……」とうわごとのごとく言葉にならない声を出しながら膣内射精を甘んじて受け入れていた。

（しゅ、しゅごい……魔力、すっごい集まる……この力、これだけあればお姉ちゃんだって……あは……気持ちいいし、強くなれるし……魔人とエッチするの、最高……らよぉ……）

「ウォオ、すっげぇ射精《で》るぜ……やっぱ中等部生のマンコだからか、しかももっともっと射精できそうだ……今日は軽くあと十発は膣内射精するぜぇ」

一方で魔人と化したホームレスは自らの身体の変化にまだ気がついていないのか、大量射精に驚きつつもなおのことシアを犯す構えを見せていた。

「う、うそぉ……そんなに犯してっ、膣内射精してくれるのぉ……？　しゅごい、魔人の性欲しゅごいよぉ……」

「シア、しっかりするんだ！　魔人を放っておいたら大惨事になってしまう！」

恍惚としていたシアだったが、クロケルの叫びで魔法少女としての使命を思い出す。

経緯はともかく、魔人が出現してしまった。

元に戻さなければ、街や人に被害が出てしまう。

脱力していた身体に活を入れ、自分を押しつぶす魔人を跳ねのけながら立ち上がる。

「ええいっ！」

「グオ……ッ⁉」

その膂力は、魔人どころかシア本人さえも驚くべきもので。

すぐさま魔法のフープから光線を放つと、大爆発を起こして魔人を一撃のもと倒した。

悲鳴を上げて崩れ落ちるホームレス魔人。

（つ、強くなってる……！　今までよりも、ずっと……）

メアによって描き加えられた強化淫紋の効果に、クロケルが自らを犠牲として施したデメリット軽減。

さらには魔人との性交、濃い魔を得ることのできる大量膣内射精。

それらがすべてかみ合い、莫大な魔力がシアの中に渦巻いていた。

「シア、魔力封印」

「あ、ああっ、そうだった」

使い魔に促されて慌てて魔力封印を行い、魔人から「魔」を切り離す。

残った人間は元のホームレスに戻り、全裸でその場に倒れている。

「大丈夫かい、シア？」

「はぁ……はぁ……よかったぁ……」

「まさか行為の最中に魔人になるなんて。まあこれで事なきを得たようだし、あとはボクが記憶を消しておくよ」

ハムスターサイズの生き物が男の頭に乗っかり、光を放って彼の記憶を消去する。

中等部生とセックスしていたことも、自分が魔人になったこともこれで忘却の彼方だ。

それを見届けたシアは、別の違和感に気がつく。

(……なんか、またコスチュームが小さくなってるような……)

メアとの二度目の戦いで変身した際も、少しコスチュームが小さくなり脚や腹がチラチラ見えていたが、今回は完全に臍が出ておりスカートも丈もきわどい。

おまけに背中はパックリ開いており、風が直に感じられる。

クロケルは強くなった証だと言っていたが、どんどん布面積が小さくなっていくのは大丈夫なのだろうかと思ってしまう。

魔人とセックスまでしているとはいえ、こんな格好で戦うのはやはり単純に恥ずかしい。

(お、お姉ちゃんさえ助ければ……あとは搾精なんかしなくてもいいから……そしたら服も元に戻るよね……？)

そのはずだと信じることにした。

さらに、不安な点はもう一つある。

(さっきのおじさん……射精してわたしに魔力が溜まった直後に魔人になったけど……も

しかして、魔人化したのはわたしのせい……ってことはないよね……？）

クロケルは負のエネルギーが強い人間ほど搾精した折に魔力が溜まりやすいと言った。

大気中の「魔」は、負の感情を抱えている人間ほど反応しやすく魔人化を促す。

（まさか……ううん、そんなこと……）

「どうしたんだい、シア」

「ううん、なんでもない……もう変身解くね」

一抹の不安を抱えたまま、シアは元の姿に戻り河川敷を後にするのだった。


また翌日、学園中等部での授業中。

詩愛は淫紋による疼きを抑えきれず、前かがみになって必死に性欲と戦っていた。

（はあ……はあ……っ、身体、あつい……！）

（さっき授業を抜け出してトイレに行ってきたばかりじゃないか、また行ったらさすがに怪しまれるよ）

クロケルが諌めたように、ほんの五分前にトイレに行くと嘘をついて思い切りオナニーして戻ってきたばかりなのに、メア特製の淫紋は手心を加えてくれる気はないようだ。

（き、昨日、あんなすごいエッチしちゃったから……っ）

あのときの暴力的な快楽が忘れられない。

藤本にレイプされた時とはまるで違う、死すら見えかけた魔人による強姦。

あれをもう一度味わえたら――。

(だ、ダメ……あんな、魔人とエッチするなんてこと、魔法少女としてっ……二度とあっちゃいけないんだから……)

必死に邪な期待を振り払うが、身体に刻まれてしまった快感の記憶は拭えない。

一度味わってしまった極上の快楽。

膣と子宮が覚えてしまった至高の悦楽。

どうにかしてあの美味を再び堪能したいと、いけないのに思ってしまう。

(……だったらせめて……数で……)

とうとう、我慢できなくなった詩愛は代替案を打ち立てることにした。

幸いここは学園で、授業中の教室。

ペニスなら何本もあるのだ。

少女として、中等部生として、絶対に及んではいけない――クラスメイトとの乱交。

それによってこの身体の疼きを静め、魔力を集めるしかないと。

(だ、だって……身体が疼くん、だもん……それに、お姉ちゃんを助けるために、魔力……集めないと……だから仕方ないのっ、これは仕方ないことだから……)

誰に告げるでもない言い訳。

自分を正当化するためだけの言い訳。

虚ろな大義名分のもと、詩愛は使い魔に命じる。

（クロ……教室の、ううん、先生と女子のみんなだけ認識改変して……）

（うん、詩愛と……あと男子が普通に授業を受けているように見せればいいんだね）

クロケルの力で、認識改変を教室中に及ばせる。

これで準備は整った。

その上で授業中にもかかわらず、突然立ち上がる詩愛。

しかし認識改変下にあるため、女子と教師は変化にすら気づけない。

一方で改変を受けていない男子たちは、不意に立ち上がった詩愛を見て怪訝《けげん》な顔をした。

「はぁ……はぁ……み、みんな……」

「どうしたの、音羽さん？　具合でも悪い？」

近くの席にいた男子が、立ち上がって荒い息を吐いている詩愛に声をかける。

吉田《よしだ》という名前で、とりわけ目立つ方ではないが男女分け隔てなく接する親切な男子だ。

登校中、横断歩道で転んだ高齢者に真っ先に駆け寄って助けていたのを見たこともある。

そんな彼のペニスは、いったいどんな形をしているのだろうか――。

どれだけの精液を出してくれるのだろうか――。

気になったら、もう止まれなかった。

「う、うわっ！　お、音羽さん、何を!?」

「おちんぽ……おちんぽ、ちょうだい……っ」

ためらわずに股間に手をあてがい、ズボンの上からすりすりと若い肉棒を刺激する。

クラスでも目立たなかった少女の突如とした淫乱ぶりに、他の男子もざわつく。

だが彼らがどれだけ騒いでいても、女子と教師は気にも留めず授業が進んでいく。

「ま、待って音羽さん、何してるの？　授業ちゅ……いや授業中じゃなくてもこんなっ」

「何って、おちんぽ気持ちよくして精液もらおうと思って……ダメ？」

「ダメっていうか、ああっ！」

さもシャー芯が切れたから一本もらってもいいかなとでも言うような軽さで、ズボンを脱がして吉田の性欲過多な劣情ペニスを取り出す詩愛。

良識人ぶっていても、雄の性欲には逆らえず勃起した肉棒がズルリと出てくる。

「おいおい、どうなってんだよこれ」

「音羽さんが授業中に、こんな……」

「え、先生なんで何も言わないの、他の女子も」

「いいじゃんかよ、役得じゃん。おい音羽、お、俺のチンコも気持ちよくしてよ」

不審に思う男子たちもいないわけではなかった。

だが目の前の淫靡な光景、ペニスにむしゃぶりついて精液を搾り取ろうとするクラスメイトの少女に、人生で最も過多な性欲を持て余している時期の中等部生男子たちの理性は次々にはじけ飛び、詩愛の視界には怒張した肉棒が林立していく。

「あはぁ……おちんぽ、おちんぽいっぱい……待っててっ、全部、全部気持ちよくしてっ、精液出してもらうの……」

詩愛自身、男子と積極的に関わりを持つ方ではない。

何人かはかっこいいと思う男の子もいるが、それで告白したいだのデートしたいだの、そういったところまで純朴少女は考えが進まず、魔法少女としての自分を優先させていた。

だが今は違う。

淫紋の効果で淫らになり、趣味と実益を兼ねて男子たちから精液を搾り取る淫乱中等部生魔法少女だ。

「んっちゅ……ずじゅっ、んむうっ……んっぷんっぷっ」

吉田のペニスに口で奉仕しながら、左右から伸びてきた若い勃起に指をかけしごきあげていく。三本の肉棒を同時に相手しながら幸せそうに表情を緩める、普段は大人しく、ともすれば地味な見た目のクラスメイトに、男子たちの性欲は暴発寸前だった。

派手な感じの女の子が男を漁っていても不思議ではないが、詩愛のようなセックスのせの字も知らないような子がいきなりクラスの男子から見境なく精液を搾り取るというあり得ない光景は、男子たちにより一層の劣情を煽るものとなる。

「うわ、音羽さんの手すごい、女子にチンコ触られてるとこんな……ああっイくっ！」

「お、おまえ童貞かよ中村《なかむら》、こんなの俺くらいになると……ああっダメだ、もう出るっ、音羽、音羽ぁあああ！」

「音羽さん、こんなことダメなのに……ううっ出しちゃう、音羽さんのちっちゃな口に……ああああ！」

ぶぴゅっ！　どびゅっ、ぶびゅりゅるっ！

びゅぶぶるっ、ぶっびゅぐるるる！

三つの出口から一斉に白濁液が放たれ、顔が、髪が、制服が汚され、詩愛の淫紋が反応して輝き魔力が流れ込む。

「あはぁ……っ、せーえき、男子の濃い精液いっぱい……もっと、もっと欲しいの……」

「つ、次俺、俺！」

「どけよお前、いつまで握らせてんだよ！」

仲間の射精を見て、残った男子たちも完全に理性が消し飛んだのだろう。

次は俺がといった勢いでズボンを脱ぎ捨て、詩愛の幼さが残りつつも成熟しつつある卑猥な肉体へ群がっていく。

「音羽のおっぱい、おっぱいやわらけぇ……！　おっぱいってこんなにやわらかいのかよ……ああもう手がおっぱいから離れられねえ」

「お尻、音羽の尻すげえスベスベで気持ちいい……っていうか全身が柔らけぇ、女の身体ってこんななんだ……」

女の肉体にまだほとんど縁がない彼らの興味が詩愛の肢体に向けられ、火傷しそうなほどの劣情視線が少女を甘く焦がしていく。

（み、みんなすごくエッチだよぉ……）

普段は真面目に授業を受けたり、休み時間にはバカ騒ぎしていたり、時にはふざけすぎて教師から怒鳴られていたりする男子たちの本質はこれなんだと、詩愛は全身で理解する。

結局男は性欲に忠実で、女を犯したいとだけ思っているのだと。

「ふ、ふともも、音羽さんのすべすべムチムチな太もも、ずっと触ってたいよ……」

「音羽の腋、すげえ甘酸っぱい匂いがする……ああやべ、頭バカんなるわこんなん」

「さ、触らせろよ俺にも！」

「早くどけお前、いつまでお尻撫でてんだよ！」

ともすれば喧嘩になってしまいそうなほど、男子たちは全員がペニスをみなぎらせて詩愛の全身を愛撫している。

そんな彼らに詩愛がしてあげられることは一つ。

「あぁ……っ、みんな落ち着いて、順番に全員気持ちよくしてあげるからぁ……っ」

責任を取るべくその身体を使って、興奮させてしまった彼らを静めること。

性欲過多で常にムラムラしていると言っても過言ではない中等部生男子たちにとって、地味だけれど可愛らしいクラスメイトの少女が目の前でスカートを脱ぎ捨て、ショーツの布をずらしてその奥にある禁断の聖域を見せながら挑発してくるというのは耐えようと思ってももはや物理的に不可能なレベル。

「ね？　悪いのは……エッチなわたしだから……みんなは仲良く、わたしのこと犯して？」

たちまちのうちに教室は生肉を投げ込まれたライオンの檻と化し、性獣と化した男子たちが詩愛の肉体に次々覆いかぶさる。

「う、うぉお、音羽、音羽ぁ！」

「もうなんでもいい、セックス、セックスするんだ！」

（す、すごい、男子のみんなすごいっ……！　わ、わたし、すっごいひどいことされちゃうっ、全員が満足するまで終わらない集団エッチ……男子の道具にっ、共用のオナホールみたいにっ……やだっ、すごいっ、それすごいよぉ……！）

　破滅的な快楽願望がどうしようもなく詩愛の胸を打つ。

　集団レイプされるという女の子にとって恐怖でしかない未来がすぐそばにあるのに、それを恐れるどころか期待すらして表情が緩んでしまう。

　あっという間に上着の中に着ていたブラウスのボタンを外された上、濡れきった下着もはぎ取られてしまったことで、あらわになった下半身の一点に男子たちの好奇心と劣情みなぎる合計三十ほどの目が集中する。

「こ、これが女のマンコ、音羽のマンコ……！」

「すっげぇ、こんな形してんだ。くぱくぱしてていやらしすぎだろ」

「うわぁ……ちょっとグロくね？　思ってたのと違う……」

　初めて生で見る女性器。男のものを咥えこみ気持ちよくして精液を搾り取り、子どもを産むための器官。どんな座学よりも説得力のある保健の授業が教室内で開かれていた。

（す、すごい……みんな必死でっ、鼻息かかって……でも、熱い視線が、気持ちいい……）

　対して集中視姦されている詩愛は、彼らの血走った眼が余計に興奮を煽り、奥からトロトロと蜜を溢れさせる。

早く挿入してくださいと言わんばかりに、潤滑剤を分泌させ。

それは彼らの指にすくい取られ、舐め取られ、膣内をかき回されてさらに溢れ出す。

「んあっ、らめっ、もっと優しくくちゅくちゅ……んあああっ！」

「感じてんのかよおい音羽！　俺の指で感じてんのかよ！　この、い……淫乱っ！」

「お、俺もやってみたい！　音羽さんのこと気持ちよくしたい！」

何本もの太い指が、詩愛の膣内に入っていく。

テクニックもほとんどない乱暴な指技なのに、淫紋の影響でそれすら感じてしまう。

「っていうかこの模様なんなの？　なんでこんなのここに描いてんの音羽さん」

「こんなエッチなマーク描きこんでさ、男を誘ってんでしょ。い、淫乱なんだからさ」

その淫紋にも言及する彼らに、詩愛は恥ずかしがるも興奮を抑えきれない。

やがて指だけでは満足できない彼らは、自らのものを詩愛へと押しつけ始める。

「も、もう我慢できないよ……音羽さんの膣内に挿れたい、いいよね？」

「ダメに決まってんだろ、お前の後とか使いたくねーよ」

「うるせえ、俺が最初に挿れるんだよ！」

またも性衝動から剣呑な雰囲気になってしまう男子たち。

この場を収めるには自分が最初の相手を決める必要があると判断した詩愛は、男子たちの中で奥に追いやられてもじもじとこちらを見ている内気そうな級友を指名した。

「す、鈴木《すずき》くん……わたしとしてみない？」

「え、ぼ、僕……!?」

まさか自分が選ばれることになるとは思っていなかったのか内気男子は戸惑い、他の男子は舌打ちをする。

そうして詩愛は、彼を選んだ理由をしっとりとした雌の声で語る。

「あは……わたしね、いつも大人の男の人にハメてもらってるから、逆に童貞くんの筆おろしって一度やってみたくて……あっ、それとも、童貞《はじめて》じゃなかった……かな？」

そう、明らかに童貞と見える男子とセックスしてみたいといった欲情から。

詩愛は一番その可能性が高い彼を指名したのだ。

「ねぇ……鈴木くんって……童貞《まだ》？」

真っ赤になって、ただ小さく頷く内気童貞男子に、詩愛は中等部生がしてはいけない妖艶すぎる笑みを浮かべて舌なめずりをしながら言う。

「ホント？　じゃあ……しよっ？　それとも初めてがこんなエッチな子とは……嫌？」

「い、嫌じゃないよ。ぼ、僕も実は、お、音羽さんのこと……」

童貞を捨てられるばかりか、他の男子に先んじて彼女の膣内に挿入を許されるという人生における運の大半をここで使い果たした気弱少年は、おずおずと詩愛に近づいて勃起包茎ペニスを向ける。

「い、挿れるよ……っ」

「うん……きて」

戸惑いつつも童貞ペニスを秘裂にあてがい、詩愛の媚肉の感触を確かめるように少しずつ中へ入っていく男子。

「あ、ああっ、音羽さんの膣内に、僕のチンコが……あったかくて、きゅうきゅうして」

童貞には刺激の強すぎる、生挿入による中等部生女性器の締めつけ。

中年教師から始まって姉の触手、そして魔人のペニスまで受け容れている彼女の膣は同年代の女子とは比べ物にならないほど淫らにこなれ、雄器官に吸いついて絞り上げてくる。

「う、うあっ、もうダメ、動けないいっ、動いたら出ちゃうよぉ……」

「出ちゃうの？　じゃあ……えいっ」

そんな極上性器の魅力の半分も味わえないまま、彼は挿入途中で固まってしまい。

詩愛の方から腰を突き出し、彼のペニスを根元まで咥えこむと同時に射精させる。

「あ、あああっ、音羽さんっ！」

びゅぐっ！　びゅるるっ、びゅるるるるるっ！

「あはっ、すごい……もうイっちゃったんだぁ。気持ちよかった？　ふふっ、童貞卒業おめでとう。これで鈴木くんも一人前の大人だね……」

早漏でも決して責めることなく、自分の胸に顔を預けて脱力してしまうクラスメイトの頭を笑顔で優しく撫でる詩愛の姿は、さながら聖母のそれだった。

「だ、だせぇアイツ、挿れただけで射精とか………そんなに、い、いいのかよ……」

「ほら早く、早く代われよ鈴木、後がつかえてんだぞ」

先を越された男子たちが期待感に勃起ペニスをしごきつつ、先走り汁を垂らしながら早漏童貞クラスメイトを野次る。

実のところ客観的に見れば、中等部生男子ということで性経験などドングリの背比べ。ひとたび詩愛の淫乱膣に挿入してしまえば、誰でもあっさりと射精してしまうのだ。

「ああっ、音羽さん、音羽さんの膣内……すごいあったかい！　気持ちいいっ！」

「しっ、締めつけ、すごくて……ああっ、もうダメだぁああ……」

どびゅっ！　ぶびゅるるるっ、びゅぐっ！

立て続けに詩愛の肉穴で果てていく、学友たち。

人生で最も精液の生産量が高く、それでいて性経験は未熟な男子中等部生はあっという間に射精し、それでいながら挿入したまま二発、三発の連続射精によって詩愛へ大量の魔力を供給してくれる。

「もっと、もっとちょうだい……おちんぽ、みんなのおちんぽ、せーえき、わたしにちょうだい……！」

それが嬉しくて、気持ちよくて、詩愛はもっともっと彼らのペニスを、精液を欲し、貪り、腰を振り、挑発し、誘う。

「ううっ、音羽さんのこと、俺好きだったのに……こんな、誰にでも股開くビッチだったなんて……っ、くそっ、勃起止まんねえ」

「ちくしょう、とっくに処女じゃなかったってことかよ！　音羽がこんなに淫乱だったなら、いっそもっと早く……くそっ、くそっ、このっ！　詩愛っ！」

中には自分に淡い恋心を抱いていた男子もいたようで、そんな彼らは詩愛が非処女だったこと、ならびに彼女がこういった淫乱女だった事実に絶望しつつも勃起を抑えきれずに、腰を動かし劣情をぶつけていく。

泣きながら突いてくる男子さえもいて、そういった彼らの焼けたヘドロのようなねばついた感情がこもった劣欲膣内射精はことさらに魔力が濃い。

クロケルが「負の感情を持つ人間ほど魔力への変換率は高い」と言っていたが、それによって彼らは淫紋を介してたくさんの魔力をくれるのだろう。

ならばもっと挑発してやる。

「あは……っ、ごめんねっ、内藤《ないとう》くん、山本《やまもと》くんも……っ、わたしずっと前からエッチ大好きだったの、男の人のぶっといおちんぽ大好きでっ、ハメまくっててぇ……もしかして……んはあっ、妬いてる？　だったらせめて今だけ、思いっきりわたしのことぐちゃぐちゃにしていい、よ？　はあっ、んあぁっ、したかったん、でしょ……？」

「うるせえ、くそっ！　くそっ、詩愛、詩愛ぁああ！　俺のものにしたかったのにぃいい！」

案の定、男としてのコンプレックスを刺激された級友たちは怒りと性欲のままピストン運動をさらに強めて負の感情まみれの射精を膣内に敢行する。

びゅるっ、びゅぐりゅるるるっ、どぼびゅっ！

「うぁあぁ……っ、すっごい射精、すっごい魔力っ……ごめんねっ、もうわたし彼氏にはなれないけど……今後もこうやって性欲処理してあげるから……」

「ちくしょう、早く代われよ！　俺だって音羽さんのこと好きだったのに！」

「音羽は絶対処女だと思ってたのに！　俺の初恋が始まる前に終わっちゃっただろ！」

大人しそうな風貌でいながら、身体は成長が早く胸の膨らみや尻の形で男子たちを無意識のうちに誘惑していたクラスメイトが、実はセックス大好きの淫乱中等部生だと知った衝撃は繊細な男子たちにはいささか強すぎる。

行き場のない怒りと悲しみと恋心が性欲に置き換わり、彼女の膣内に濃い精液をぶちまけることでしか対処の方法を知らず、それが詩愛にとっては極上の魔力に変わる。

「はぁ……あっ……あん……」

友人たちが真面目に授業を受ける教室の後ろで、自分は騎乗位で男子から精液を絞り尽くすように腰をグラインドさせる。

組み敷いた男子は自分の身体の上でぶるんぶるんと揺れるEカップの胸を少しでも味わおうと無理に頭を持ち上げようとし、それに気づいた詩愛は「あは……っ」と女神のような笑みを浮かべて、少し前傾し乳首を顔に近づけていく。

「加藤《かとう》くん、いつも女子のおっぱい揉みたいとか吸いたいとか大声で言ってたよね。ほら、私のおっぱい、吸っても……いいよ？」

「ち、ちがっ、あれはふざけて……あ、ああ……ああっ、音羽ぁあああ！」

目先でたぽんっと揺れる同級生の乳房に、極上の餌を投げ入れられた金魚のごとく本能のまま喰いつく男子。淫乱少女は、その少し痛いぐらいの乳首吸いに悦び悶えた。

「ううっ、音羽、もう我慢できねえ！」

「んんっ⁉　んん――っ！」

かと思えば、正面から突如別のペニスを口内に突きこまれる。驚いたのは最初だけで、我慢できなくなったんだねと彼へ慈愛の眼差しを注ぎ、亀頭を口内にすっぽり咥えこみながら鈴口を舌で優しくなぞっていくと、衝動のまま突っ込んできた男子は腰をわななかせてあっという間に暴発した。

「う、うあぁあっ、なんだこの舌……や、やっぱ音羽は淫乱なんだ、男にこんなテク仕込まれやがって！　くそっ、くそぉお！　あああああ！」

「んふふ……ごちそうさま……すっごく濃くておいしかったよ」

「お、俺も、俺も！」

「音羽、音羽ぁああ！」

あれよあれよと男子生徒たちの手が詩愛の身体に伸びていく。吸われていない左の乳房も、新鮮な桃を思わせる尻も、肩も、腋も、腹もすべて触られ、吸われ、舐められる。

こんなにも大勢の男子が自分を求めてくれている。

こんなにも自分を犯したいと劣情を爆発させてくれている。

それを肌で感じ、詩愛自身の興奮も限界にまで達していた。

「い、いいよ、きもち、いいっ……ん……んんっ!?　えっ、そ、そっちは……！　んぁあああああ！」

イキそうになったその瞬間、背後からある男子が詩愛の尻穴に肉棒を無理やり突き入れる。騎乗位で組み敷いた男子に乳首を吸わせるため前傾姿勢になったことで、ひくひくと動くお尻の穴が持ち上がっており、挿入を受け容《い》れられる体勢になっていたのだ。

「あっあああああ、あはあああっ!?　気持ちいいっ、お尻きもぢぃいいい！　ま、またっ、あの時みたいにっ、お尻の穴で気持ちよくなっちゃうぅぅうう！」

前日の冥愛による肛門触手陵辱によって、詩愛のアナルはただの一回で十分に開発されていた。アナルへの挿入でも簡単に絶頂してしまう、変態そのものの身体に彼女は無理やり変化させられていたのだ。

尻穴から伝わる男根の熱と、亀頭の先から零れているであろう我慢汁の粘性、そしてそれらを容赦なく前後に突きこまれる抽送によって少女の性感は恐ろしく高まっていく。

「な、なんだよ……音羽、ここも処女じゃなかったってのかよ！　こっちまで別の男に犯されてたのか……！　挿れただけでよがりやがって、くそぉ……！」

尻穴ならまだ可能性はあると思っていたのだろうが、挿入した男子は愕然としていた。

自分がひそかに想いを寄せており、あわよくば初めてを奪いたいと思っていた少女は、こんなところまで既に別の肉棒によって開発済みだったのかと。

「ああっ、あはぁ……その声、村山《むらやま》くん……？　ごめんねっ、わたし、もうお尻の穴でもっ、気持ちよくなれて……あぁあああ！」

そんな詩愛の反応に、行き場のない怒りという燃料を爆発させる性欲機関車と化した男子が猛烈な直腸内ピストンを加える。

「う、うるせえ！　……お尻の穴じゃないだろ？　チンコ突っ込まれる穴はマンコなんだよ！　だからケツマンコなんだよここはっ！　どうせお前、どうせ……そういうの言われてんだろ男にっ！」

試験前に図書室で一緒に勉強したいだとか、放課後に手を繋いで帰りたいとか、キスをして唇が離れた瞬間に恥ずかしそうな笑みを浮かべてくれるだとか、色々あった結果ついに一線を越え処女を捧げてくれるだとか、自分が彼女に抱いていた願望と幻想がことごとく砕け、あとには濁った嫉妬と、こんな形で得たくなかった快楽しか残らない。

「ご、ごめんなしゃいっ！　けっ、ケツっ、ケツまんこぉおお！　ケツまんこにおちんぽ突っ込まれてっ、きもち、気持ちいいのぉおお！　みんなっ、おちんぽすごっ……んああっ、らめ、気持ちいいぃ！　おまんこも、ケツ穴もっ、んぐっ……お口もぜんぶ、おちんぽでおかされて、じゅぷっ……おかひくっ、おかひぐなっぢゃうよぉ！」

「だったらおかしくなっちまえよ！　せめて俺のチンコでケツ穴おかしくしてやるっ！」

下から子宮口まで突き上げられる快楽、背後から強引に犯される被虐、そして男子全員から身体を弄られ、次々と精液をぶちまけられる多幸感に詩愛の腰がより一層激しさを増していく。

神聖な学び舎に相応しくない、ぬじゅっ、どびゅっ、ぶびゅるるっ、じゅぷぷぷっ！　といった下品な結合音、射精音が教室中に響き続ける。

「イクっ、イクイクイクっ、イっちゃぅううう――――！　男子のみんなに犯されて、膣内射精されてっ、イっちゃぅぅうう！」

膣に、肛内に、口の中に。

精液を流し込まれるたびに絶頂し、精液をぶちまけられるたびに発情する。

魔力の塊が全身を満たし、淫紋がしきりに明滅する。

光を失ってとろんとした少女の瞳には、次のペニスしか映っていない。

（精液……魔力……おちんぽ……もっと、欲しい……）

本来の目的をも忘れ、詩愛は元気な勃起肉棒を探して本能のまま銜え込む。

「もっと、もっとぉ……ね、わたしの身体使ってて、犯してっ、中出ししてぇ……！」

性欲過多な中等部生十数人の劣情が最後の一人まで完全に発散されるまで、雄臭でむせ返る淫靡な教室内乱交は終わることがなかった。

そんな誰も見ていないはずの光景を、教室のドアの隙間から覗いている者がいた。

「うっふふ……詩愛ったらあんなに乱れて、男子たちとセックスして……魔力がいっぱい溜まっちゃうわねぇ。これならお姉ちゃんの目的も達成できそう」

復学と偽り認識改変によって我が物顔で学園を闊歩《かっぽ》し、詩愛の様子を監視している実姉、音羽冥愛が。

乱交によってイきまくり、魔力をどんどん吸収していく妹を見て、満足そうに彼女は微笑む。

淫紋を描き加えた効果は覿面《てき》のようだ。

それから、彼女を犯し続ける男子たちを濁った赤い瞳に捉え、ぶつぶつと何事か呟く。

「……でも、大切な詩愛を寄ってたかって犯しちゃうなんて悪い男子たち……あの子たちは今度、ちゃんとお仕置きしてあげないとねぇ……うふふふっ」

そうして長い黒髪をなびかせながら、妹への愛に狂った魔人はその場を後にする。

頭の中で、詩愛を手に入れる算段だけを延々と巡らせながら。

「詩愛も強くなっているし、そろそろ計画も先に進められるわね。男子たちのお仕置きも含めて、用意しておいたアレ……出しちゃおうかなぁ。あはっ、楽しみ……あはははっ」

第五章　姉との決別、穢れゆく精神

魔人と化したホームレスとの人外セックス、クラスの男子たちとの乱交を経て、詩愛はこれまでの比ではないほど急速に強くなっていった。

メアに描き加えられた強化淫紋の効果と、そのデメリットを解消したクロケルの働きにより、普通に搾精してもこれまで以上に力がみなぎってくる。

相変わらず夜になると街に魔人が現れるが、それを倒す際も意外なほど楽になった。

一撃で倒れ伏した魔人に駆け寄って、魔法のフープから魔を放って魔人のそれと相殺、元の人間に戻すシア。

「この魔人……見た目より弱かったのかな？」

「君が強くなってるんだよ、シア。搾精を始める前と比べれば、すでに十倍から十五倍は力が増している」

クロケルの言葉に、不思議な高揚感を覚えるシア。

それだけ強くなったんだと自覚すると、恐怖心が薄れていき自然と笑みが漏れていた。

「へ、へぇ……もうお姉ちゃんにも勝てるかな……？」

「ああ、メアはボクが淫紋の魔力漏出効果を抑えていることを知らないからね。現段階でシアがここまで強くなっていることは彼女の計算にないはずだ」

「うん……わたし、絶対に勝つから……はあっ、んぁあ……」

また、身体が疼く。

戦いで魔力を消費して、それを補充させようと淫紋が疼く。

あるいは、シアの本心からか――。

「ねえ、クロ……このまま搾精、してもいいよね……？」

魔法少女は淫靡な笑みを浮かべ、頬を赤く染めながら使い魔に訊ねる。

断られることはない提案。

あくまで自分の意思を示すためだけの問い。

（この辺の公園にも、ホームレスのテントあったし……ちょっと精液もらっていこっと……ちょっとだけ、ちょっとだけだからぁ……）

そんな魔法少女のコスチュームはさらに小さくなり、肌の露出が著しい。

それればかりか色も変化してきて、白をベースにピンクを差し色としていたそれは徐々に灰色と紫色に変色していた。

（お姉ちゃんに勝って、お姉ちゃんを助けるためだもん……もっと、もっとエッチして、精液集めなきゃ……そうだよね？　わたし間違ったことしてない、よね……？）

淫乱に染まりつつある自分自身へ、大義名分のもと言い訳をしながら。

ふらふらと、魔法少女は夜の街をゆく。

「あはぁっ、もっと、もっとぉ……精液、おちんぽっ、ちょうだいっ、ちょうだい……！」

「あ、ああっ、音羽さん、もう無理……出ないよ」

「どんだけ搾ってくるんだ、音羽がこんなに性欲お化けだったなんて……」

また別の日、詩愛は身体の疼きを抑えきれず授業中の教室で二度目の乱交を行っていた。

例のごとく認識を改変し、女子と教師には気づかれないようにしたうえで男子たち全員から精液を集めて大量の魔力と多大な快楽を一度に貪る。

だが、肝心の魔力供給源は十数人もいるのにそのことごとくが詩愛一人より先にバテてしまう。

それほどまでに今の詩愛は淫乱で、官能的で、蠱惑的で、そして名器に仕上がっていた。

「ずいぶんとまあ、淫らになったものだね。たった一人で男子全員を枯れさせるなんて」

「み、淫らじゃないもん……これは仕方なくっ、お姉ちゃんを倒して元に戻すために仕方なく搾精してるだけだから……」

クロケルの指摘に口ではそう言うものの、目はすっかり焦点が合わずとろんとして、口の端からは唾液が滴っている。

少女の艶肌は男たちに触られ、吸われ、あちこち赤くなっているばかりか精液で汚れていない部分はないほど白濁に染まり、下半身の二つの穴からは複数人の劣情がひとかたまりになってごぽ……っと垂れ落ちている。

これで淫乱ではないと誰が言えるのだろうか、そんな風貌の中等部生少女は物足りなさを覚えつつも、身体の内をみなぎる魔力に酔いしれていた。

「わ、わたし、強くなったんだから……これで、お姉ちゃんだって……」

「ええ、そうねぇ。強くなったのね、詩愛」

湿り気たっぷりの少女の声に、応える者がいて。

詩愛が振り向くと、いつの間に教室へ入ってきたのか授業を続けている教師の横で平然と黒板を背にして立っている、私服姿の若い女性が。

音羽冥愛が、そこにいた。

「……！　お、お姉ちゃん！」

認識改変はまだ切っていないはずだ。

それでいながらこの空間に現れた、高等部に在籍していることになっている姉。

だが冥愛は事もなげに答える。

「当然でしょう？　学園全体に認識改変をかけているのだから、その中で自由に動けないわけないじゃない。もう、変な詩愛」

この場所は二重の認識改変が行われている。

クロケルによる教室内と、冥愛による学園全体の。

全体を歪曲している冥愛にとって、その内部で闊歩することは造作ない。

だが、そのようなことは問題ではない。

「お姉ちゃん……今日こそお姉ちゃんを倒すよ！　それで元の、優しいお姉ちゃんに戻すんだから！」

　向こうから来てくれたのならば都合がいい。

　今こそメアを倒し、冥愛を救い、幸せな暮らしを取り返すのだ。

「うふふふっ、うふふふふ……！」

　しかし冥愛は強気な妹の態度にも驚くことなく、口元に手を当てて笑い出す。

「な、なにがおかしいの」

「それ、本当に詩愛の望みなのかしら？　詩愛は本当に、私を元の人間に戻したいって、心の底から、本心から思っているのかしら？　ふふ……っ」

「そんなの当たり前だよ！　また二人で、ううん、クロと三人で幸せに暮らすのがわたしの願いなんだから！　お姉ちゃんの悪い魔は、わたしが封印するの！」

　毅然として突っぱねる詩愛。

　何を言われようがやることは変わらないし、気持ちは揺らがない。

　姉を救うこと、それだけが今の自分の成すべきことなのだから。

　しかし、冥愛はなおも言う。

「それだけの快楽を覚えて、自分から男子と交わって動けなくするほど搾り取って……本当は薄々思っているんじゃない？　お姉ちゃんを元に戻したら、この気持ちいい生活も終わりだって。この快楽がずっと続けばいいのにって、本当に欠片ほども思ってないの？」

「う……うるさいっ、黙ってよ！　お姉ちゃんの悪い魔、黙って！」

淫らで背徳的な誘い。

それを必死に振り払うように、姉に向けて強い言葉を吐く詩愛。

本当は大好きな姉に乱暴な言葉など使いたくなくて、少女の優しい心がズキンと痛む。

だがそれも気にしていないかのように、冥愛は妹をさらにそそのかす。

「こっちにくれば……何もかも忘れて、お姉ちゃんとの快楽しかない毎日が楽しめるのに、それに目を背けて偽りの平和を願うの？」

「詩愛、耳を貸しちゃダメだ！　あの魔人を倒すんだ」

クロケルもハムスター程度の小さな身体で大きな声を張り上げる。

これ以上姉の――姉を狂わせる魔の戯言に付き合っていられない。

「魔力解放！　魔法少女シア、参上っ！」

全身を光で包み、コスチューム姿になって変身するシア。

そうして改めて、自らの変質に気づかされる。

（や、やっぱり、コスチュームがひどいことに……）

肌の露出はさらに進み、お腹どころか下乳まで見え、スカートも極端に短い。淫紋の描かれた鼠径部が上から半分見え、正面から見てもショーツが覗くくらいだ。

服の色もさらに黒く、差し色も濃い紫に変わっている。

クロケルは強くなった証だと言うが――。

（ううん、これでもう終わる！　今日お姉ちゃんを倒して、全部終わらせる！）

元は白かった黒い魔法少女は、黒い魔法のフープを構えて向き合う。

それを前に冥愛もまた、魔力を解放して本性を現す。

「魔力解放！　魔人メア現前、うふふふふっ、あはははは！」

巨大な魔法の大鎌を出現させ、教室内で魔法少女と魔人の姉妹は対峙し。

示し合わせたように教室の前後の扉から同時に外に出ると、廊下で距離を取りつつ魔法を放つ。

互いの攻撃がぶつかりあい、光のパレードのごとく廊下が照らされる。

（今のシアに有利な場所だ！　恐れることはない、君の魔力はメアを上回っている！）

（うんっ！）

狭く長い廊下では逃げ場はなく、攻撃は防御魔法か攻撃で相殺するしかない。

つまり単純な魔力が物を言う。

次々に魔法のフープから光を放ち、メアの攻撃を消し飛ばしていくシア。問題なくさばけるばかりか余剰エネルギーはメアへ飛んでいき、鎌での防御を余儀なくさせる。

これまでと違い、明らかにシアの方が優勢だ。

「魔力、最大解放！　っやぁああ――っ！」

「なっ……！　きゃあああ！」

やはりこの成長ペースは想定外だったのだろう、メアの表情が光線を見てこわばった。

鎌でガードするも、廊下を思いきり吹き飛ばされて突き当たりの壁に叩きつけられる。

「うぅ……お姉ちゃん、痛い、苦しい……気持ち、いい……！　あははは、あはははは！

そうよ、この力よ！　予定より早かったけれど、これだけの力があれば、あははははは！」

「もう少しだ！　追い詰められている！」

このままいけば勝てる。

あと一歩、あと少しで、優しかった姉を取り戻せる。

手を伸ばせば届くところに、シアの夢見た日常があるのだ。

「ああっ、いいわシア、すごいっ！　お姉ちゃん、たまらないの！」

「お姉ちゃんっ！　もう覚悟して、魔力封印されてっ！」

対象が弱っていなければ魔力封印は失敗してしまうが、あと一撃与えれば可能域に入る。

それほどまでにメアは追い詰められ、シアは強くなっていた。

だが、その窮地にあって。

メアはなお、不敵に笑って叫ぶ。

「ここまで私を追い詰めるなんて、さすが私の妹、私の可愛い可愛いシア！　あははは、
あははははは！　それじゃあ、お姉ちゃんからのご褒美よぉ！」

「……っ！　気をつけて、シア！」

ズズズズ、と廊下が揺れる。

否、学園全体が振動している。

まるで地震が起きたかのように。

「ほぉら、おいでなさい、私のペットちゃん！」

それから轟音とともに校庭が裂け、地中から何かが顕現した。

巨大で、禍々しい、生物と呼ぶこともためらわれる――異形の魔人が。

「な……なに、あれ！」

「こんな大きい魔人……見たことない！」

七階建ての校舎すら超える、超巨大魔人。

怪獣映画にでも出てきそうな巨体が、校庭を割って地下から出現したのだ。

何本もの長い腕をグネグネと動かし、一つしかない目が自分たちを含め学園全体を睥睨《へいげい》している。

「んっふふふふふ……シアのために用意したのよ？　この時のために『作った』の」

学内から生徒たちの悲鳴が何重にも聞こえる。

通常、魔人は一般人には見えないはずだがこれだけの質量と膨大な魔力を持つ巨体となると魔力を持たない人間にも見えてしまうようだ。

「大きいでしょう？　魔人たちを捕まえて、閉じ込めて、練り合わせて……一つの巨大な魔人にして、シアと戦ってもらうために誂《あつら》えたの！　あはははは、お姉ちゃんのプレゼント気に入った？　素敵でしょう？　うふふふ、あははっははははは！」

「な……なんてこと……」

魔人には個体差があるが、元は人間なので大きくても八メートルくらいが限界のはずだ。

それでいながらこのサイズ。メアが言ったように、複数の魔人を無理やり融合させて作り出した人工の魔人だからだろう。

しかしそれは、命を弄んでいることに他ならない。

魔人が元は人間だということを忘れ、好き勝手に粘土細工のようにくっつけて形を変えて、自分の都合のいいように仕立て上げる所業に、シアは震えるほどの怒りを覚える。

こんなことをしては、よしんば魔力封印を行っても人間たちは原形をとどめていないがゆえ助からない。

「お姉ちゃん！　……命を、命をなんだと思ってるの！　何人の命をコレのために……っ」

「そうねえ、三十人くらいかしら？　けどどうでもいいじゃない、どうせ最終的にこの星の命なんかみんな消し飛ぶの、私とシア以外はね！　あはははは！」

だがそのようなこと、メアにとっては些末な問題なのだ。

自分と妹以外は消し去ってしまおうと考えている彼女にとっては。

「ほらシア、戦わないと学園が大変よぉ？　戦ってアレを殺して、大切な学園と友達を守らないとねぇ？　どうせアレは捨て石なの、シアの力を測るためのねぇ！」

「お、お姉ちゃん……お姉ちゃんッ！」

許せない。

何十もの命を弄んであんな化け物を作っておきながら、あくまで目的はシアに倒させて力を見るためのもので用が済んだら彼女自身に破棄させるつもりなのだ。

そこには何の愛情も憐憫も、執着すらない。

クロケルも小さな身体で精いっぱい怒りを表明する。

「メア、どこまで狂ってるんだ君は！」

「私が狂ってるっていうのはあなたたちの主観でしょう？　逆にあなたたちが正気だというのは、いったいどこの誰が証明してくれるのかしら？　あはははは、あはははは！」

とにかく、倒すしかない。

窓から外に飛び出して空中で巨大魔人と相対するシアだが、いくら搾精によって十数倍の魔力があるとしても敵が大きすぎてまともなダメージが入らない。

「うふふふふ、どうしたのシア？　そんなんじゃこの化け物は殺せないわ、お姉ちゃんを失望させないで！　あはははは！」

「いいから黙ってて！　これを倒したら、次はお姉ちゃんなんだからっ！」

そばでメアが浮遊しながら、シアを挑発する。

彼女の中ではこれも遊びのようなものなのだろう。魔人と一緒に攻撃すればいいのに、笑っているだけで何もしてこず、それがますます許せない。

「ねえシア、本当は気づいているんでしょう？　力を手にすると気持ちが高ぶって、邪魔なものは殺したいって……これだけの力があればあんなこともこんなこともできるって、搾精で強くなるたびに思うでしょう」

「知らないっ！　そんなの思ったことないっ！」

「そして、搾精をもっとしたい、気持ちよくなって力も得たいって、そう思うでしょう？」

校舎が破壊されるそばから、メアが妄言を吐いて魔法少女の気持ちを乱してくる。

必死に首を振って戯言を頭からふるい落とし、フープから光を放って牽制するシア。

「力を得る快感、快感に伴う力……気持ちよくなれば強くなり、強くなることが心地いい……すでに覚えているでしょう、その感覚を」

その言葉に、股間の淫紋がきゅうんっ……と疼く。

これまでの搾精を経て強くなったシアは、力を得るたびに今までにない感覚を得ていた。精液を飲んだり膣内に出されたりといった行為で魔力がみなぎると、性感のみならず不思議な高揚感を覚えていた。

「その淫紋は、そんなシアの本性を引き出すためのモノ……快楽と力を求めたい衝動は、最初からシアの中に眠っていたのよ」

「そ、そんなの信じない！　黙っててよっ！」

「私もシアもおんなじなの。邪魔なものは殺し、壊し、大好きな人と気持ちいいことだけしていたいの。そう、破壊と殺戮、そして快楽！　それだけを求めるのがヒトの本質で、それは魔人になろうがなるまいが関係ないの、元からそうなの！　……だからシア、お姉ちゃんと一緒に本質のまま——愛しあいましょう！」

「うるさ——いっ！」

怒りが、焦りが、限界に達する。

とにかく牽制しながら生徒が避難する時間を作り、しかる後にこの魔人を倒して、メアを封印しなければ最悪の結果に転んでしまう。

学園の生徒たちが、クラスメイトが、友人が犠牲になってしまう。

それだけは避けなければならないが。

(みんなは……みんなは無事に避難できたの⁉)

「うふふふふ、避難した生徒たちが心配なのねぇ？　けれど全員ここから出られていないわぁ。お姉ちゃん、学園の出口すべてを封鎖しているの。シアの心を縛りつける余計なものを、ここで一掃するためにねぇ」

衝撃の事実に、シアの顔色が真っ青になる。

慌てて高度を下げ、危険を承知で一階の昇降口まで降りる。

(な、なにこれ！)

そこには紫色に輝く魔力の壁のようなものができていて、壁越しに生徒たちがひしめいている。

出たくても出られず、出口で大渋滞を起こしているのだ。

「お姉ちゃん！　今すぐコレを解除して！　みんなを巻き込まないでっ！」

「メア！　こんなバカなことはもうやめるんだ！」

半泣きになってクロケルと一緒に使い手へ絶叫するも、この狂った姉には通らない。

何を言っているの、と言わんばかりの表情でメアはシアのそばに降りてきながら、言う。

「だって、シアにとって学園も友達もいらないでしょ？　だからここで消しておけば、シアはお姉ちゃんだけが大切なものになるの。そのために、お友達は消しちゃおうね」

巨大な腕が、昇降口に狙いを定める。

シアは全魔力をフープから放出し、必死に障壁を形成したが圧倒的な質量の前にはそれももたない。

「やめてぇえええ！」

「ダメだ、シア！　逃げるんだ！」

やすやすと壁は砕け、メアの封鎖魔法ごと巨腕が校舎の中にめり込む。

「いっ……いやぁああああああ！」

魔法少女の叫びが、校舎に反響する。

生徒の大半が。

一緒に遊んだ友達が。

自分と乱交して膣内にありったけの精液を注いでくれた男子たちも。

「そうよねぇ、詩愛のこと犯した男子は、私の大切なものを勝手に使って気持ちよくなった男子は、全員地獄で反省しなきゃいけないわよねぇ？　私の所有物に何の断りもなく勝手に膣内射精までしたゴミクズたちは、特に念入りにすり潰してねぇ？　あはははははは！」

「お姉、ちゃんっ……！」

みんな、みんな——殺された。

その事実が自分の胸を貫き、守れなかったという結果が自分の心を引き裂く。

「あぁあああああああああああ——ッ！」

彼女《メア》は決定的に、やってはならないことをした。

命を弄び、命を奪い、私欲のままに禁忌を犯したのだ。

「大事な学園を……大事な友達を……！　許さない、お姉ちゃん……メアッ！」

「大事？　シアにとってお姉ちゃんの他に大事なものなんてないの。お姉ちゃんのことだけが大事なの、だってお姉ちゃんはシアだけが大事だから。シアもそうでなくちゃいけないの、だから学園も友達も、顔も名前も知らないこの魔人の『素』も、どうでもいいでしょう？」

もはや彼女は、大好きだった「お姉ちゃん」ではない。

姉との決別を意味するかのように、その尊称を捨てて叫ぶ。

「メア……メアッ！　わたしが……殺すッ！」

「まぁあ……強い言葉、強い魔力！　お姉ちゃんのことをそこまで想ってくれてるのね、殺したいほどに好きでいてくれるのねぇえ！　お姉ちゃん嬉しい、嬉しすぎて気絶しそう！　あはははは」

「うるさいっ！　死んで……死んで償って！」

その時、シアの全身から光が放たれた。

これまでの明るいものではなく、ドス黒い魔力の奔流が溢れ。

魔法のフープが、コスチュームが、完全に黒く染まり。

その円環から、とんでもない威力の光線が放たれる。

「ギィイイ……アガァアアアアア！」

まずは生徒たちを、友人たちを殺《あや》めたこの化け物から殺すべく。

黒く染まった極太のビームは、超巨大魔人の最下部中央を貫き、そのまま下から上へと真っ二つに両断しながら天まで飛んでいく。

綺麗に裂けた魔人は、そのまま崩れ落ちて大地を揺るがしたが。

数秒遅れて、巨体に渦巻く膨大な魔力が行き場を失い爆発する。

「きゃあああ！」

「シア、退避だっ！」

崩れた校舎内に飛んで逃げ込むも、その校舎が爆風をまともに受けて吹き飛ばされる。

魔人の攻撃で損害を受けていた校舎はこれによって大規模半壊し、学舎として形をとどめている部分は三割ほどになってしまった。

「学園が……みんなが……関係ない生徒たちも……」

残ったのは瓦礫と、遺体と、わずかな生徒たちと、膨大な悲しみだけ。

否、それよりも——。

「……メアッ！　メアはどこ⁉」

この甚大な被害を与えた張本人の姿が、どこにもない。

高く飛び上がって残存している校舎の屋上から見まわすも、それらしい姿は見られない。

まさか今の爆発に巻き込まれて死んだなどという間抜けな最期ではないはず。

とすれば。

「逃げられたみたいだ……」

クロケルの言う通りの結果に終わったのだろう。

屋上にぽつんと立つシアは、下を向いて呟く。

「っ……こんなことまでして……ここまでして……もうお姉ちゃんは、わたしのお姉ちゃんじゃないんだ」

メアの行動倫理の淵源は、詩愛《いもうと》への愛だ。

人間だった頃から抱いていた妹への感情が、魔人化して増幅され顕著になったのだ。

いくら魔の影響でおかしくなっているとはいえ、元となる人間時代の思考がそうさせているのだ。

この惨事の原因は姉に取りついた魔ではなく、音羽冥愛本人にある。

だからこそ。

「クロ、わたしメアを……お姉ちゃんを、殺すよ」

変身を解いた詩愛は、暗い決意を秘めて。

小さな震え声で、宣言する。

「仮に魔力封印しても、これだけのことをしたお姉ちゃんとは、もう一緒にいられない」

「……そう、か」

もはや、元に戻したらそれでおしまいという話では済まなくなった。

巨大魔獣の贄にされた三十人の人間、殺された大多数の生徒、一命を取り留めていても重傷を負った生徒たち。

彼らの死、彼らの傷から目を背けて、すべてを忘れた姉と何事もなかったかのように生きていくことはできない。

せめて自分の手で、この騒動の元凶に始末をつけ。

それから、すべての罪を一人で負って生き続けるのだ。

もう誰も犠牲にしないよう、死ぬまで魔人と戦いながら――。

そんな、中等部生には重すぎる責を負い込んで、詩愛は一人で生きていく決意を固める。

いつしか、雨が降っていた。

滝のように降る十一月の氷雨は少女の心を濡らし、そしてどこまでも冷やしてゆく。

屋上を叩きつける無数の水に混じって、別の雫がボロボロと落ちていった。

「うっ……うぅうう……」

両親はすでにいない。

姉はこの手で斃《たお》さねばならない。

生き残った友達にも、もう合わせる顔がない。

ない、ない、なにもない。

(わたし……ひとりになっちゃった)

孤独な魔法少女の肩に、小さな使い魔はそっと寄り添った。

そんな彼を指で撫でて、ずぶ濡れの少女は縋るように涙声で問う。

「……クロは、クロだけは……ずっと一緒にいてくれるよね？」

「もちろんだよ。今のボクはシアのパートナーなんだから」

「うん……ありがとうクロ。大好き」

答えはすぐに返ってきた。

それを聞いて詩愛は少しだけ笑って制服の内側へ彼をしまいこみ、雨をしのがせる。

建物の中に入れば済むのに、そこまで考えが及んでいないかのように。

あるいは自分からこの雨に打たれることを望んでいるかのように。

流れる涙を誤魔化すように。

泣いていない姿を見せるように。

「ごめんね、クロ……もうちょっとだけ……ううっ、うぅううう……」

冷たい雨に打たれて潸潸《さんさん》と泣きながら、詩愛はこれからずっと続く孤独な闘いに、暗い暗い償いの人生に思いを馳せるのだった。

一方で、魔人の爆散に紛れてその場から撤退していた冥愛は、氷雨に打たれて涙する妹の姿を遠巻きに眺めて血色に濁った瞳を妖しく輝かせる。

「んっふふふ……まさかここまで、ここまでうまくいくなんて……やっぱりシアには素敵な才能が、破壊と殺戮と、快楽を望む汚くて醜い心が眠っているんだわ、私以上にねぇ！」

先の巨大魔人は十二分に役目を果たし、処分された。

詩愛の力を測るのみならず、彼女の内に秘めた醜い心を爆発させるトリガーとなりえた。

搾精によって十分に蓄積されたシアの中の魔を「怒り」という負のエネルギーによって起爆させ、それによってシアを大幅に強化させる。それが上手くいったことに手ごたえを覚えるメアは、来たるその日に胸を高鳴らせて笑い声を上げていた。

「もう少し……もう少しで詩愛を完全に私のものにできる……お姉ちゃんと詩愛だけの世界で、永遠に詩愛を愛するまであと少し……！　うふふふ、あははは……！」


淫紋が疼く。

大惨事が起こった翌朝、詩愛は家から出ず自室のベッドで秘所に指を這わせて一時《いっとき》の現実逃避に浸っていた。

「んんっ、んぅ……気持ちいいっ、おまんこ気持ちいいっ、またイクっ、イっちゃう……んんんんんっ！」

ビクビクと身を震わせ、ほんのわずかな恍惚感を得てごろんと仰向けになる詩愛。

夜も眠れず、三時頃から断続的に自慰にふけっていた魔法少女を心配するように、小さな黒毛の使い魔が声をかけた。

「詩愛、学園には行かなくていいのかい」

「……行かないし、行けないよ。もうあそこにわたしの居場所なんてないもん……」

半壊した学園は当分休校だろうし、生徒の大半が殺されてしまった状態でどうしてノコノコと登校できようか。

あれだけの犠牲と損害を出してしまった詩愛にできる償いは、謝罪でも死でもなく一生をかけて孤独に闘うことのみ。

そうして命が終わる瞬間に、ようやく赦されるのだから。

二度と表の世界に出ることはできず、ひとりぼっちで戦う魔法少女。つかの間の逃避と慰めに浸ることしか、今はできない。

しかし、淫紋の疼きはそれでも収まらない。

（メアを殺したら、この淫紋も消えるはず……）

こんなものはとっとと消してしまうに限る。いくらこれによって快楽と力を得られるとしても、メアの与えたものをいつまでも利用したくない。

利用するだけして、あとはメアとともに消し去ってしまいたい。

そのためには、さらなる搾精を行って強くならなければ。

（そうだ……どうせヒマだし、ちょっと出かけてみようかな。今なら間に合う、かも……）

ふと思い立った詩愛が着替えて家を出てたどり着いたのは、地元の駅。

普段は徒歩で学園に向かうため、電車は友達と買い物など都心へ向かう時にしか利用しないのだが、その通勤ラッシュによる満員電車に中等部の制服を着た少女は乗り込んだ。

乗り込んだ車内で物色するように視線を動かす詩愛。

それこそが彼女の、数日前までは考えられないほどに淫乱な目的だった。

（痴漢……痴漢されて、精液を集めたい……）

もちろん痴漢は犯罪であり、犯罪に手を出すような汚れた負の心を持つ人間の精液であれば魔力の集まりもいいはず。そう見込んでの乗車だった。

電車に揺られること三分、早速尻に何かが当たる感触を得る。

（あ……きた）

偶然を装った手の甲でのタッチ。しかし拒まれている様子がないことを知ると、今度は手のひらが詩愛の丸く大きく張り出したヒップを撫でまわしてくる。

そっと後ろを向いて痴漢の顔を見てみる。冴えない中年男性、職場でも家庭でも満たされていないと一目で分かる暗い顔が痴漢という背徳感と高揚感でネトネトと輝いている。

「んっ……」

そんな彼の精液であれば、十分な魔力になるだろう。

詩愛は尻に吸いつく男の手首を握ると、そこで焦ったのかビクっと手が震える。

だが、詩愛はその手を払いのけるのではなく、逆に自らの尻に押しつけたのだ。

そんな触り方でいいんですか、と挑発するように。

「お、おおっ……」

「んっ、ふ……いいんですよ、触っても……」

小声で囁くと、遠慮がなくなったのか中年はスカートの中に手を入れてきた。

純白のショーツ越しに汗ばんだ手の感触が伝わってきて、それすら気持ちいい。

やがて手が離れたかと思えば、今度は両手で思いきり後ろから詩愛の胸を揉み始める。

そうしながら自らの勃起ペニスを臀部に押しつけ、電車の中でヘコヘコと女子中等部生に腰を振る痴漢男。

「あっ、はぁあ……すごい、おじさん、触られると、からだ、熱い……はあっ、は……ねぇ、おねがい……ハメ、て……」

「い、いいのかい？　本当にハメてもいいのかい？　電車の中でこんなこと、君は相当淫乱な子なんだねっ……」

もはや中年の劣欲は止まらない。

満員電車の中で逸物を取り出し、ショーツをずらして手探りで中等部生の秘裂にねじ込んでいった。

すでに愛液を溢れさせている雌膣は、中年男の脂ぎった欲情肉棒を吸い込むようにずぶずぶと呑み込み、甘く淫らに締めつけていく。

「おおっ、挿入《はい》った、挿入《はい》ったよ……！」

「あはぁ……すごいっ、おじさんのおちんぽ、熱くて、かたぁい……」

周囲に悟られないように、いや悟られた方が触発されて次々襲ってくれるかもしれない、そんなことを考えながら詩愛は電車の揺れに合わせて腰を振り、中年痴漢男から精子を搾り取る。

「おおっ、おおっ、なんて締めつけだっ、安い女なんかよりずっと……この淫乱中等部生めっ、お前中等部生だろっ、中等部生のくせにこんないやらしいこと、男を電車で誘いやがって、お前が悪いんだぞ、このっ、くそっ！」

「んんっ、んっ、んんんん！　すごっ、おじさん、気持ちいいっ、もっと、もっとハメてっ、ずぽずぽしてぇ……詩愛のおまんこ、いっぱい使って気持ちよくなってぇ……！」

「あああ、詩愛、詩愛ぁああ！」

名前を教え、名前を呼ばせながら突かせる。

限界を迎えた痴漢男は、あっさりと電車内で膣内射精を迎え。

どぶびゅっ！　びゅぐりゅりゅるるるっ、ぶぼばびゅっ！

「んはぁあ……っ！　イクっ、イクイクっ、イっ……くぅううう！」

詩愛もまた、膣内射精による多幸感から絶頂に導かれる。

淫紋が妖しく輝き、魔力が身体中に漲って高揚する。

（きもち、いい……やっぱり、膣内射精で魔力もらうの、すごい……）

気持ちいいし、力も溢れる。

力が漲れば、元気が出る。

元気があれば、戦える。

戦うために、気持ちよくなるべきなのだ。

（そうだよ……わたしは魔法少女なんだから……魔人と、メアと戦うために、いっぱいエッチしないと……だからこれも必要なことなんだ……）

「おい、お前痴漢だろ！　こんな子に何してやがんだ」

「な、なに言って……違う、この子が誘って……そうだろ君、おい何か言ってくれよ！」

「うるせえ、お前は次の駅で降りろ！　変態痴漢野郎！」

ゴトンゴトンと揺れる電車の中、何か騒がしい声が聞こえていた気がしたが詩愛にとってはどうでもよく、さらなる快楽と魔力のことだけを膣から溢れて太ももを伝う精液の感触を確かめながらぼんやりと考えていた。


「メアを殺すために……もっと魔力を集めなきゃ」

もっともっと魔力が欲しい。

彼女を殺せるだけの魔力と、贖罪の日々を一時忘れられる快楽が欲しい。

壊せる力と、殺せる力と、溺れられる快楽が、欲しい。

欲しい、欲しい、欲しい欲しい欲しい欲しい――。

（こわしたい……ころしたい……きもちよくなりたい……）

その欲求のまま、夜の繁華街へと繰り出していく詩愛とクロケル。

中等部生であれば近寄ることすらためらわれるし、現に詩愛も搾精を始める前はそんな場所に赴くことなど考えもしなかった。

けれど今の彼女は、明確な目的があって自分からそこへ向かっている。

路上で騒いでいる派手な格好をした若者たち、通行人を執拗に店へ連れ込もうとする客引き、嫌というほど目にする「無料案内所」の看板。

健全な中等部生が来てはいけない夜の街を、詩愛は「餌」を探してうろつくと。

「おーっと、かわいい子を一人はっけーん」

「おいおい制服姿でこんなとこウロついてたら危ないっしょ、レイプされちゃうよ」

「それなー。マジ危険だわー、どう考えてもこんなとこに迷い込んだ自己責任だわ」

案の定、派手な若者たちのグループに後ろから肩を掴まれる。

軽薄な笑み、鼻や舌にまで施された派手な装飾品、焼いた肌に襟元から覗く入れ墨。

どう見ても素行の悪そうな人間たちで、これまでの詩愛であれば怖くて逃げ出したいはずの若い男たちに。

待ってましたとばかりに、詩愛は歳不相応の淫靡な微笑みを投げかけた。

「あは……お兄さんたち、こんな中等部生を捕まえて……何する気なんですかぁ？　詩愛、とってもこわーい」

「……へえ。ウケんじゃん、この娘」

「詩愛ちゃんっていうの？　俺らと遊ぼうよ。つーか期待してたっしょ？」

挑発し、誘惑し、スカートをめくって下着を見せる。

魔力なんて、たったこれだけで集まる。

（男の人なんて……男の人なんて、簡単なんだから……）

たったこれだけで自分は強くなって、メアを殺せるのだ。


「んんっ……ふ……ぷぁ……」

連れ込まれたカラオケボックスに、唇と唇が触れ合う湿った音が響く。

出会ったばかりの男と濃厚な接吻を交わし、舌を絡めて唾液を流し込まれる詩愛。男の舌についているピアスの感触がどうにも生々しい。

（やっ……この人、キス……巧い……からだ、力、抜けちゃう……）

「いいねえ、詩愛ちゃん肌も超スベスベじゃん。夜遊んでる女だと肌荒れてくるけどさ、マジずっと触っていたいわこの太もも」

遊び慣れている男は、キスしながらシアの太ももの内側を驚くほど繊細な手つきで撫でていき、それによるじんわりした快楽を少女の股間へと伝えてくる。

「んぷ。んっ……えへへ、そうですかぁ？」

「そうそう、だから俺らさぁ……もっと詩愛ちゃんの肌見たいんだよね」

キスをしてきた男の反対側から、別の男が詩愛の隣に座って制服を脱がしていく。

まさに慣れていると言わんばかりの手際で中等部生の服をあっという間に剥いていき、

気づけばブラウスのボタンが外され、ずらされた下着から綺麗な丸みと桃色の乳頭を曝け出される。

「やべえ、美味そうじゃん」

「んんっ、ん――っ！」

流れるような動作で乳首を吸われ、身体の中心がきゅうんっと疼く詩愛。休ませないと言わんばかりに、キスをする方の男の激しさも増した。

そんな中、詩愛が蕩《とろ》けていくのを見ていたグループの一人が机に置かれた彼女の鞄を勝手に漁り、何かを見つけると弾んだ声で仲間に語りかける。

「おおっ、こいつマジで中等部生かよ。学生証見つけたわ」

「詩愛ちゃんこんなことしてちゃダメっしょ、親御さんとか心配するよ？　チャラ男たちにレイプされてたらどうしようってな、ギャハハハ！」

「あは……親なんかもういないもん、家族なんて一人もいないから……そ、それに、レイプなんかされないもん……だって、これ…………無理やりじゃ、ないから」

身元が割れようが、クロケルの記憶消去がある。

そんなことはどうでもいいから、早く精液を注いでほしい。

早く魔力と、快楽を与えてほしい。

そんな期待もあって、誘うような微笑みを男たちに向ける詩愛。

それが切っ掛けになったのか、キスをしていた男は詩愛の両手を掴むとソファに押し倒した。そしてスカートをめくりあげると、ショーツをずらして蕩けた秘裂に舌をねじ込む。

少女もそれを拒むことなく、股間を舐りまわされる快感に儚げな声を漏らした。

「ほら詩愛ちゃん、自分だけ気持ちよくなってないでさ」

天井のライトを見上げていた詩愛の視界に、二人目の男のペニスがぬっと伸びてくる。

口元に近づく亀頭を、詩愛は舌先でちろちろと嬉しそうに舐めあげていった。

「へへっ、じゃあ俺はどっちか空くまでハメ撮りでもしとこうかね」

三人目の男はスマホを取り出し、ソファに寝転んで痴態に興じる詩愛を撮影し始める。

（ああ……と、撮られて……で、でも、藤本先生の時みたいに気づかない間に撮られたわけじゃないし……あとでなんとかしとこう……）

詩愛は一瞬だけまずいと思ったが、快楽に思考力が押し流されていく。

むしろ撮られていると思うと、少女の性的な好奇心がかえって刺激される。

記憶消去の前に電子の海に流されてしまえば取り返しがつかないのに、そんな危機感すら限りなく薄れていく。

すると待機していた最後の一人が、自分のバッグから何かを取り出した。

「なあなあ、俺こんなん持ってんだけどさ」

「うほっそれやべーやつじゃん、詩愛ちゃんキマりすぎて壊れちゃうっしょ」

詩愛もそれをちらと見る。

明かりを反射して妖しく輝く、小さな注射器。

それで何をするのかと考えるより早く、針が少女の陰核に吸い込まれるように突き刺さり、中の薬剤が流し込まれる。

「いっ……」

痛みは一瞬だった。

あっという間に信じられないほどの熱が身体を駆け巡り、頭がぼんやりして快楽のことしか考えられなくなる。

「こっ、これぇ……なに、しゅごいぃ……」

「キマるっしょ？　すげーキマるっしょ？」

「き、きま……る？」

詩愛は訊き返すが、その意味はほどなくして知ることになる。

「あ……ああっ？　身体が、からだが……あつい……？」

淫紋とはまた違った身体の疼き。

熱くて、火照って、どうしようもなく――欲しい。

「どーよ？　クスリで気持ちよくなるの。頭ボーっとしてフワフワするっしょ？　この状態で、チンポで突かれると、もう戻れなくなっちまうんだ……よっ！」

「んあっ、あはぁあああ――！」

それまでの肉棒とはまるで違う、異次元の快楽が子宮口への一突きで流し込まれた。

さらにそれが二度三度。絶え間なく脳へ流し込まれ、快楽中枢が焼き切れそうになる。

「キメセクっつうんだよコレをよ！　クスリで気持ちよくなってイキまくれオラ！」

「はぁあああ、っしゅご、しゅごいっ、しゅごひぃいいいい！　キメセクっ、キメセクすきっ、おくすりできもぢよぐなるのすぎぃいいいい！　もっと、おちんぽ、もっとぉおお！」

どちゅっぶぢゅっ、ばちゅっばちゅんっ、ずちゅっ！

媚薬の影響で感度がさらに高まるなか、若い男の荒々しい腰使いとビーズを埋め込んだ巨根が詩愛の膣内をかき回し、理性を削り取り、雄を求める雌の本能のみを暴走させる。

（こっ、こんなのだめ、こんなのほんとに頭おかしくなっちゃうぅううう！）

ふと、記憶の断片が頭をかすめる。

いつか何かの時間に、資料を渡されて担任から言われていたことがあった。

――こういう薬は皆さんの身体をボロボロにしてしまい、しかも依存性といって一度服用するともっと欲しくなってしまうのです。その瞬間だけは気持ちよくなれても、一生レベルで苦しみ続けることになるのです。絶対に手を出してはいけません――と。

「こ、これっ、ダメなおくすりっ、ダメなおくすりじゃ……んはぁああ、らめ、奥ぐりぐりされるのらめぇええ！　こんなの知らないっ、こんなの知らないっ、おくしゅりで気持ちよくなるの知らにゃいぃいいい！」

「ま、安心しな、ただの媚薬だから。けど効果はパネェっしょ？　一度味わったら病みつきになっちまうからな、お前みたいな淫乱中等部生には、なっ！」

「んあぁああ――！　ああー っ、あー、あぁぁ――っ！」

涙が、よだれが、愛液が、潮が、止まらない。

何もかも、体液とともに流れていく。

理性も、危機感も、己の使命すらも――。

「ったく、どんだけイくんだよこの性欲魔人がよ」

(ま……まじ、ん……？)

ふと耳に入った単語。

詩愛にとって最も忌むべき単語。

もちろん彼はそういう意味で言ったのではなく、あくまで詩愛の性欲をたとえてそう言っただけ。

(わたしが、魔人……違う、わたしは魔法少女……魔法少女なんだからぁ……)

だが、自分をつなぎとめる言葉さえも、快楽の前には無力で。

延々と最奥を突かれる淫靡で激しい衝撃に、そんな思考も押し流されていく。

「ぎぼぢぃいい――！　もっとっ、もっとしでぇええ！　詩愛のことどうにでもしていいっ、どうにでもしでいいからぁあああ！　おちんぽっ、おちんぽちょうらいっ、ぶっといおちんぽとせーえぎっ、これないと死んじゃうのぉおお！」

「へへへ、完全にもうダメだな。かわいそうな詩愛ちゃん、その歳で人生破滅だよ破滅。よいしょ、もっと深くに挿れられるようにしてやるよ」

挿入していた男はソファに倒れる詩愛の身体を抱き起こし、対面座位の姿勢に変えてピストンを再開する。より深く肉棒が膣奥に届く状態にされたことで、快感の衝撃がさらに高まっていく。

「ほら休んでないで、こっちもイカせろって」

対面座位で挿入とキスをされながら、左右から近づけられた二本のペニスを無理やり握らされる詩愛。

クスリで前後不覚になっているのだが、身体が覚えているのか自然とペニスをしごき始める。

そんな中、詩愛は自分でも何を言っているのか分からない懇願をしていた。

「えへへへ、あはは……おちんぽ、おちんぽいっぱいあるよぉ……おまんこも、奥まで挿入《はい》っておかしくなってるっ、もっと、もっとこういうのほしいのっ、もっと、もっとおかしくっ、もっと壊してほしいのっ、おねがい壊して、詩愛のこと壊してぇええ！」

「あーあ、そんなこと頼んじゃって。自分が何言ってるか分かってる？」

「ま、俺らには関係ねーし。お望み通り壊れるまでオナホにしてやるよ、ヤク漬けキマり淫乱中等部生！　オラ！　イけ！」

回すような動きで膣の中を肉棒でかき回される。下から突き上げられるたびにEカップバストが激しく揺れ、男の胸板で乳首が擦れた。そのわずかな刺激すら恐ろしい快楽となって、ついに中等部生女子は禁忌の絶頂へ達する。それと同時に男たちのペニスも白濁子種を勢いよく吐き出した。

「ああっ、イク、イクっ、イっちゃ、イクぅううううあああああああっ！」

絶頂とともにぷしゃぁああっ……！　と潮を噴く詩愛。膀胱が緩んだことで一緒に噴き出した小水も混じっていたが、薬ですっかり感覚が狂った詩愛にはそれを認識することすらできなかった。

ぐったりと弛緩し男の胸板に身体を預けた詩愛の耳元で、挿入したままの彼が囁く。

「こんなんで終わると思うなよ、俺らまだイケんだからさ」

「あぁ……もっと……うれひぃ……しあ、ほんとにこわされちゃう……あはっ……」

それは詩愛にとって願ってもないこと。

まだまだ快楽と、精液と、魔力をくれる。

嬉しすぎて、幸せすぎて、どうにかなってしまいそうだった。

「あはは……あは……あははは……はやくぅ……おちんぽぉ……」

何発も、何発も精液を流し込まれ。

何十回も、何百回も絶頂する。

(そう……これぇ……こういうことだけしていたいっ、気持ちいいことだけしていたい……

……あとはもうなんでもいい、ずっとずっと気持ちよくなれたら……)

そんな破滅的な願望を抱きながら、詩愛の意識は遠のいていった。


また、別の日。

魔と反応した人間が、魔人となって街に現れた。

詩愛は魔法少女となって、直ちに現場へ急行し。

ただ一撃のもと、致命傷を負わせる。

「あはっ、弱い……弱いくせに魔人なんて、恥ずかしくないの？　そんな力いらないよね。わたしにぜんぶちょうだい？　強い方が力をもらって、弱い方は消えちゃえばいいんだよ。ふふっ、おちんぽ、見せて？」

動けないほど重篤な一撃を受け、死を待つばかりの魔人に乗っかり、巨大なペニスを手と舌で勃起させて膣内へと導く。

そうして強引に精液を搾り取り、魔人ならではの濃い魔力を淫紋によって得て。

「んぁああ……魔人とのエッチ、すっごい……魔力も、精液も……それに、魔人おちんぽ、気持ちよすぎてぇ……あはっ、わたしも、イっちゃった……」

「ウ、ウゥウ……」

生涯最期のセックスを堪能した魔人の勃起できなくなった巨根が、シアの膣内から抜け落ちる。

それをもって、役立たずと判断したシアは。

「……もう出ないの……？　ふうん、出ないんだぁ……じゃあもう用はないよね」

魔法のフープを向け、そこから黒い光の柱を放って魔人を跡形もなく消滅させる。

当然、魔人を殺害すれば魔力封印で元に戻すこともできない。

それをクロケルは戒めたが。

「なんで？　別に殺してもいいじゃん」

シアはけろっとした表情で、それだけを返す。

「メアだって元は人間だったけど、人間の頃の思考を引きずっていたんだよ？　つまり魔人が悪さをするのは、元の人間の心が腐っていたからだよ」

三平方の定理に従って図形の問題を証明するかのように、何も間違っていないとばかりに淡々と。

「どうせ元の人間に戻したって、また悪いことするよ。犯罪とかやって、人を殺しちゃうかもしれない。それだったらここで殺した方が、罪のない人が死ななくて済むでしょ？人々を守るって、そういうことだと思うんだよね。悪い人を先に殺しちゃえば、そいつらに殺される人はいなくなるんだから。クロ、わたし何か間違ったこと言ってる？」

その瞳にはなんの揺らぎもない。

心優しかったはずの魔法少女の心は、精神状態の悪化によって濁り淀み腐り果ててしまっていた。

「あはっ、もう終わりなんだ？　そんなんで暴れようなんてよく思ったね？」

また別の日も魔人が現れ、シアは魔力で手足をもいで動けなくした上で魔人に搾精を迫ろうとする。

戦い方まで次第に残虐になり、もはやクロケルでも止めることはできなくなっていた。

おまけに今回は、逃げ遅れた人間が避難を終えるのを待たずに攻撃を開始し、その結果。

「シア、君の魔力は強すぎる。建物が壊れて、関係ない人まで巻き込まれて、何人かそのまま死んでしまった」

「……ふうん？」

魔法少女が、魔人でない人命までも奪った。

だが、だというのにシアは驚きも悪びれもせず、冷たい瞳を使い魔へ向けるのみ。

「だって、人間っていっぱいいるでしょ？」

「シア⁉」

「少しくらい死んだって、まだいっぱい残ってるじゃん。それにわたしがいなかったら町中の人が全員殺されてたかもしれないよね？　それに比べたら三人や四人なんてゼロといっしょだよ、いっしょ」

冷酷で、酷薄で、残忍な笑みを浮かべて。

魔人を倒す魔法少女は、ごく当然といったように持論を展開する。

「わたしは人間を守ってあげてるの。わたしがいなかったらこの町は壊滅してたんだよ？　わたしに文句言わないでよ、魔人が悪いんだよ？　むしろこのくらいで済ませてくれてありがとうって言ってくれなきゃ。そうでしょ？　そうだよ、わたし悪くないもん」

「……そうか」

クロケルは何かを諦めたかのように、そう呟いた。

赤いビー玉のような瞳が、フッと陰る。

それに気づかないまま、シアはコスチュームをはだけさせながら倒れる魔人に近づき、その巨体に乗っかって舌なめずりをする。

「それより、魔人とエッチして、魔力奪って……それで殺さなきゃ」

快楽を、魔力を、そして殺戮を。

それらを求めて魔法少女は戦い、敵からすべてを奪い取る。

「んんっ、気持ちいいっ、魔人おちんぽ気持ちいいっ……あはっ、ほらもっと動いてよ、腰振ってよ！　気持ちよくさせないと殺しちゃうよ⁉　殺されちゃうよ⁉　死にたくなかったらわたしに精液いっぱいちょうだい、いっぱいわたしを気持ちよくしてぇええ！」

「グ、オォオオ……！　オォオオオ！」

生命の危機を感じると、男性は子孫を残そうと性欲が活性化される。

それをここ数度の魔人とのセックス、および事後の殺害で学んだシアは、死をちらつかせて魔人に性衝動を限界まで高めさせる。

そうして生殺与奪を握られた魔人の必死の腰振りで、舌を出して膣を締め上げ、身体全体で犯される快楽を味わいながら彼の生涯最後となる特濃の精液、そして負のエネルギーの塊を享受する。

――メ……が破壊と殺……と快楽を優先……のは、……特有の思考倫……に汚染されて……――。

ふと頭の中にノイズのようなものが一瞬だけ流れたが、それが何であったのかはすぐに思考から消えた。

なぜなら、今はこんなにも気持ちいいのだから。

この快楽と、流れ込まれる魔力に比べたら、どこかで聞いた言葉などどうでもいい。

「ああっ、いいっ、魔人おちんぽっ、素敵っ、ほらもっと、もっと、んぁあああ――！　しゅごいっ、やっぱりこれしゅごい、魔人とエッチしてせーえきもらってから殺すの最高だよぉおおお！　ほらもっと出してっ、もっと膣内射精してっ、わたしに殺されたくなかったらいっぱい膣内射精してぇえええ！」

どぶびゅっ！　びゅぐるるるるるっ、ぶばどびゅぼぉおお！

ぶべりゅるるるっ、どぶぶっ、ぶっっばびゅぐりゅりゅるるりゅぅうう！

「んあっはぁあああ……！　これっ、これっ、これぇええ……きったなくてくっさい、大量の魔人精液……それと特質の魔力……人間なんかよりずっと素敵な、わたしの栄養分……あはっ、ありがとね魔人さん……じゃあ、死のっか？　あははははははは！」

「……これじゃ、どっちが魔人か分かったもんじゃない」

そんなクロケルの呟きは、魔人の断末魔によってかき消された。

「さ、帰ろっか。早く帰ってご飯にしよ、クロ」

「……なんだか君、メアに似てきたね」

魔人を始末して帰路につこうとするシアに、クロケルはそう言い。

ぴたり、と魔法少女の動きがそこで止まる。

「邪魔なものを排除しようとして、快楽を求めて……それがヒトの持つ本質なのかな。ましてや君たちは姉妹だから、根っこの部分ではやっぱり似通って……うわっ！」

何か言いかけたクロケルに、魔法のフープが突きつけられる。

そこからはドス黒い魔力が漏れ出しており、ハムスターサイズの使い魔など一瞬で燃やし尽くしてしまいそうなほどだった。

その上で、シアは氷のような声で言い放つ。

「あんな魔人と一緒にしないで。わたしはあんなモノとは違うの。アレは最初から魔人だったじゃない。わたしは魔法少女で、何も変わってない。人間を守って魔人を殺す、魔法少女なんだから」

「………そうかい」

「次に同じこと言ったら、クロも殺すよ」

フープを下ろして変身を解き、詩愛は家を目指して荒涼とした街中を歩いていき。

彼女の威圧から解放されたクロケルもまた、黙ってついていく。

「はあっ、はぁ……強く、強くならなきゃ……メアを殺して、魔人を殺して、世界を守るために……うふふ、あははははは……！　わたしは魔法少女として、強くならないといけないんだから……！」
利己的で、独善的で、恣意的で。
魔法少女と呼べないほどに残虐になった、魔法少女に。
クロケルは静かについていき、その赤い目が闇の中でかすかに輝いた。

最終章　崩壊する心、堕ちた魔法少女

シアによる搾精は来る日も来る日も続いた。

淫らな身体の疼き、湧き上がる衝動のまま、セックスにより精液を集めて魔力を増し、魔人を周囲の建物や人間ごと殺害する。

快楽と、破壊および殺戮。

もはやそれだけを求めて、シアは魔法少女として戦っていた。

「はぁ……はぁ……あははっ、楽しい……殺すの、魔人を殺すの……たのしい……」

空気中に「魔」が存在する限り、人は魔人になりえる。魔人は永遠にいなくならないし、それはつまりシアにとって殺せる対象に事欠かないということ。

楽しくて気持ちよくて、仕方がない。

魔法少女としてのコスチューム面積はどんどん小さくなり、抱かれ続けた結果中等部生の肢体とは思えないほど淫らになった肉体をほとんど隠さない煽情的な格好になっていた。

(早くメアを殺さないと。メアを殺して、あとはずっと人間から精液を搾り取って、魔人を殺して、そうやって一生過ごすんだから……)

メアとの決別を誓ってから十日後。

そんな堕落した魔法少女の生活に、ついにピリオドが打たれることになった。

「あっ……お兄さん、ちょっといい……？　ねえ、わたしと楽しいこと、しませんか？」

夕方の路地裏で、詩愛は通りかかった男に声をかけた。

三十歳を回ったばかりのサラリーマンで、それこそどこにでもいるような男性だ。

「…………」

だが、様子がおかしい。

普通なら中等部生から搾精の話を持ちかけられたら、戸惑いつつもめったに得られない体験に興奮し、股間の男性器がズボン越しに屹立するはずだ。

加えて今の詩愛は度重なる搾精によって淫らなオーラが漂っていて、それが実年齢とのギャップも相まってより背徳感を高めさせる。

だというのに、目の前の彼は立ち止まったまま。

「緊張してるんですか？　平気ですよ、わたしがいっぱい気持ちよく……」

「詩愛ちゃん、やっと見つけた」

「え？」

詩愛は思わず聞き返す。

この男は今、自分の名を呼び、やっと見つけたと言った。

初対面のはずなのに、おかしい。

そう思って改めて彼の顔を見て、ようやく思い出した。

（この人……わたしが初めて搾精した、あの時のお兄さん……！）

だが、だとしたら、なぜ自分のことを覚えているのだ。

搾精後はクロケルが彼の記憶を消していたはずだ。

そんな風に詩愛が思っていたら、彼の背後から二人組の中年がゆらりと現れた。

「あれからずいぶん相手してくれなかったじゃないか」

「おじさん寂しくてたまらなかったよぉ」

（……この二人も、あの時わたしが同時にラブホテルで搾精した……）

血の気が引くのが分かる。

もしや、記憶消去が上手くいっていなかったのか。

シアは慌てて振り向き、彼に事の不手際を問いただそうとした。

「く、クロ!?　どういうこと！　記憶を消してくれてたんじゃないの？」

「………………」

だが、使い魔は何も言わない。

赤い瞳を開いたまま、沈黙を保って浮遊しているだけ。

「クロっ！　クロってば……きゃあっ！」

「詩愛ちゃん、もう我慢できない」

「ハメさせてよ、いいよね詩愛ちゃん、淫乱中等部生なんだからさ」

「あれからずっと君のことだけ考えて嫁とも離婚したんだ、責任取ってくれるんだろ？」

ますます慌てる詩愛の腕を三人の男が掴み、路上に押し倒そうとしてくる。

変身していない状態では複数の男の力に及ぶはずもなく、あっさりとなされるがままにされてしまう。

「や、やめてっ！　魔力解ほ……」

やむなく魔法少女になって撃退しようとした、その瞬間。

サラリーマンの一人が、苦しそうな呻き声を上げ。

それにつられるように、残った二人も苦しみだす。

（ま、まさか……）

少女の予感は的中した。

詩愛の目の前で、彼らは見る見るうちに姿を変え。

あっという間に、身長五メートルほどの魔人と化したのだ。

河川敷でホームレスが突然魔人になった時の記憶が蘇る。

（また、あの時みたいに……！）

最初から魔人の姿でやってきていれば、詩愛も反応できて変身し撃破できただろう。

だが唐突な変化に対応が遅れ、魔力解放しようとしたその時には。

「────っ！」

中等部生少女の柔らかな腹に、魔人の強烈な拳がめり込んで。

詩愛は意識を手放し、その場にくずおれる。

「これでいいのか？」

「……ああ、上出来さ。それじゃ連れて行ってくれ。『私』もいっしょに行くわ」

その最後の瞬間に、魔人は詩愛ではない別の誰かに問いかけ。

その誰かは、詩愛のよく知る少年のような声で答えていた——気がした。


「ん……っ」

詩愛は目を覚ました。地面の上に横たわり、身体が冷えている。

半壊した校舎が、視界の隅に映る。

ここは休校になっている、夜の陽暈学園校庭だと気づき。

その瞬間、聞き覚えのある声とともに慣れ親しんだ顔がフェードインしてくる。

「うふふ、気がついたかしら？」

「お、お姉ちゃ……メアっ！」

がばっと跳ね起き、殺すべき仇敵《きゅうてき》である実姉に相対する。

いつものように柔和な笑みを湛え、豊満な肉体を極小の布で包んでいる魔人の姉に。

「くっ……魔力解放！」

問答無用とばかりに即変身し、魔法のフープを構えて相対するシア。

すっかり黒く露出過多なコスチュームになって、白い柔肌とのコントラストがまぶしくも淫らだ。

「やっと見つけた……今日こそ、今日こそ殺すんだから！」

「あらあら、ほんっとうに強気になっちゃって。あのお姉ちゃんお姉ちゃん言ってた可愛い詩愛はどこへ行っちゃったの？」

「うるさいっ！　わたしの大切なものを、わたしから何もかもを奪って……！　絶対に許せない！」

殺意をむき出しにし、実の姉に向けてフープを振り抜くシアだったが。

なぜかそこからは、魔力が一切放たれない。

すでに魔力解放しているメアはくすくすと笑いながら、言った。

「変身はできても攻撃はできないようにさせてもらったわ。その淫紋を見てごらんなさい」

慌ててシアが下腹部に目をやると、短くなりすぎたスカートのおかげでわざわざ布をずらすまでもなく露出している淫紋の上から、大きくバツ印が描かれている。

「な……なに、これ」

「変身していた方が丈夫になるからねぇ。これからシアにはすっごく激しくて気持ちいいことをしてもらうから、そのために」

「わけわかんないこと言ってないで、これ元に戻してっ！」

相変わらず彼女とは話が通じない。

メアは攻撃できないシアを見て、くすくす笑っているだけだ。

「クロ、クロどこ？　クロならこの淫紋なんとかできるでしょ、わたしに攻撃させて！」

シアはパートナーを呼ぶ。

あの使い魔なら淫紋に干渉することができるはずだ。メアに淫紋を描き加えられた時も、彼が身を削ってその効果を抑え込んでくれたのだから。

しかし、黒毛の魔獣の姿はどこにもない。

「クロ⁉　クロってば！」

何度も何度も彼の名を叫び。

やがて探していた使い魔が、ひょこっと現れた。

メアの後ろから、彼女の肩に乗るようにして。

「クロ？　なんで……メアのそばに……」

これでは、まるで。

クロケルが、メアの使い魔のようではないか――。

「やあシア。ずいぶんと育ったね。メア好みの淫らで卑猥な人形に」

「クロ⁉　そんな……裏切ったの⁉」

最悪の可能性が頭をよぎる。

もともとメアと契約していた使い魔だ。

その可能性はどこかにあったはずだった。

しかし彼はメアに騙されていたと知って愕然とし、責任を取るべく身を削って小さくなり、魂をかけてシアに描かれた淫紋のデメリットを相殺したはずだ。

ここまでしてくれたクロケルが、よもやメアと今もつながっていることは万が一にもない、そう思っていた。

それだけに、裏切られたと分かった衝撃は大きい。

「クロだけはずっと、わたしと一緒にいるって言ってくれたのに！」

「ああ、言ったよ。ずっと一緒にいるって。その約束のために今こうしているんだ」

半泣きになって叫ぶシアに、猫とウサギを混ぜたようなハムスターサイズの使い魔はしれっと答え。

その身体が、見る見るうちに大きくなる。

ハムスター程度の大きさだった彼の身体が、元の成猫サイズにまで一瞬で。

メアから迸《ほとばし》った、黒い魔力を浴びて。

「や……やっぱりメアと、メアと裏でつながってたんだね⁉　ひどいよ、ひどいよ……！」

「少し違うな。ボクはメアとつるんでいたわけじゃない」

黒毛で赤目の使い魔は、黒髪で赤く濁った瞳のメアと交互に話し始める。

「ボクはそもそも生き物じゃない。メアの魔力が作り出した疑似生命体——」

「私が魂を削って生み出した、遠隔操作監視型魔法——」

「えんかく……かんし……」

「ボクは、私は、メアの、私の、魔力そのもの」

「だから、ずっと、ボクは、お姉ちゃんは、シアを見ていた」

少年のような声で、姉の口調が。

姉の声で、少年のような口調が。

重なって、シアの耳に届く。

「したがって、ボクはメアの、私の一部、なのさ。うふふふっ」

あまりに信じがたい事実。

クロケルが生命体ですらなく、実のところメアの一部だったなどと。

「う、嘘だよ！　だって何回も、クロはメアに話してたじゃない！　メアの狂った行動を止めるように話しかけてたのに！」

「そんなの腹話術に決まってるでしょう？　こうやって自分の声と」

「クロケルの声で同時に喋るくらいわけないの」

言葉の後半は使い魔の口から流れ落ち、シアをますます絶望させる。

なおも弱々しい声で、必死に現実を否定しようとする魔法少女。

「だって……クロは、メアのこと狂ってるって……メアがおかしいことをわかって……」

それすら自作自演だったというのか。

それはつまり、メアにとっても自分は狂っていると自覚してのあの言葉だったのか。

自覚していて、それでもなお妹を欲してあれこれと禁忌に手を染めていた姉に。

悲しみと怒りと、どうしようもないやるせなさが渦巻く。

「言ったでしょ？　私が狂っているとすれば、あなたが狂っていないことは誰が証明するのかって。狂ってるのはお姉ちゃんもシアも同じなの」

「嘘だ……嘘だ嘘だうそだぁあ！」

頭をぶんぶんと振って、必死に否定しようとするシア。

目の前にある事実に耐えられない。

クロケルは最初からパートナーなどではなかったのだ。

完全にメアの意のままに、自分は動かされていた。

あまりにも、あまりにも詰みすぎた。

ここからどう動こうと、シアに逆転の目はない。

悲嘆と瞋恚《しんい》に苛まれる魔法少女に、メアはゆっくりと歩み寄って声をかける。

「お姉ちゃんはね、シアと永遠に一緒にいたいの。それこそが私の目的」

「えい、えんに……？」

「生きとし生けるものは皆死んでしまう。シアと永遠に愛しあいたいと思ってもできない。だから、永遠に生きる術を探していたの。六年間、シアに隠れてね」

ここにきて、メアが自分の前から去った理由が語られる。

「生き物は死ぬようにできている。生きようとする力と死に向かう力は少しずつ後者の方が強くなっていき、生きる力が完全にゼロになった時に生き物は死ぬ」

当たり前の摂理。

それに背く行い。

生命への冒涜とすら言えることを、メアは成し遂げようとしている。

「だから、強い生命力を絶えず補給することで、死へ向かう力を上回れば永遠に生きることができるって気づいたの。そう、それこそ魔人の持つ大きな生命力。けれど魔人はシアと私の永遠の楽園に要らない。シアを傷つける魔人なんか要らない」

「………………」

「そのために私は調べて、魔人を使って実験を繰り返し、そしてようやく答えを得たの」

まずはシアに、自分の魔力で作った分身を介して魔力を与える。

さらに淫紋を描きこみ、搾精を促し魔力を集めて強くさせる。

その上で強くなった妹を取り込み、融合し、一つの強大な生命体となる。

そうして一つになった融合体は、自家受精によって新たな命を産み落とすことができる。

産み落とした命を再吸収し、自らの命とする。

「そうすれば、いつまででも生きて、二人で一つで愛しあえるの。素敵でしょう？　余計な生き物は皆殺しにして、シアとお姉ちゃんの間で赤ちゃん産んで、それを吸収し続けて、私たちを傷つけるモノのいない世界で、永遠に生き続けて愛しあえるの！　あはははははは！」

「う……」

そうまでして、姉は自分と永遠に生きたいのか。

自分は姉と融合して化け物になるピースとして戦わされていたのか。

「この間の巨大な合成魔人も、その実験で作ったの。もっとも原料が雄ばっかりで自家受精できない失敗作だったから、シアの力を測る目的のために使って処分したけれどね。けれど今度は失敗しないわ、魔力を吸収して強くなったシアをお姉ちゃんが取り込めば、私たちのための私たちの赤ちゃんが産み落とせて永遠に生きられるの」

「いやだ！　そんなのになりたくない！　わたしは化け物になんかならないっ、わたしは魔法少女なんだからっ！」

生理的な嫌悪感から、シアは絶叫し拒む。

自分は人間であり魔法少女なのだ、魔人と融合する気などない。

そう言い放つが、メアは相も変わらずくすくす笑ったままで。

彼女の横から、クロケルがにゅっと出てきて言った。

「君は本当に魔法少女なのかい？」

「うるさい、当たり前だよっ！　クロが最初に言ったんじゃない、魔法少女になって戦ってほしいって！」

「……じゃあシア、決定的なことを教えてあげようか」

クロケルの声で、分身の口からメアが喋る。

「魔人は空気中の魔と反応したヒトがなる。魔法少女も同じとボクは言った。けれど君の場合はボクが魔力を分け与えて、作為的に魔と反応させたよね」

「…………！」

確かにそうだ。

だからシアは魔法少女としては異例の部類に入る、とクロケルは契約当初に話していた。

だが、今までの情報を統合すると。

自分の中に流れている「魔」は――。

「クロケルの魔力はお姉ちゃんの魔力……つまりシア、あなたの中にはお姉ちゃんの魔力が流れてるの。そう、魔人のお姉ちゃんの魔力がねぇ」

「う……嘘……」

だとすれば。

この身体の中にある魔力は――。

「わかるかい？　魔人《メア》の魔力を流し込まれて覚醒した……つまりシア、君は」

「そう、魔人だったのよ！　最初から、シアも！」

フープを握っていた手から力が抜ける。

カランカランと地面に落ちる、「魔法少女」の武器。

その空しい反響を聞きながら、シアは「…………そん、な」と呟く。

(そんな……そんなの嘘だよ！　信じない！　信じるもんかっ！)

どうしようもなく、気分が悪くなる。

自分の中に溢れるこの魔力が、憎く汚らわしい魔人のそれであり、さらにおおもとを辿ればメアの魔力そのものだという。

身体の中に泥が流れているような嫌悪感を覚え、吐きそうだ。

「ち、ちがう……わたしは魔法少女なのっ！　仮にメアの魔力だとしても、わたしはっ！」

「ああ、そもそもその『魔法少女』って概念が存在しないんだ」

必死に現実から目を背けようとするシアに、クロケルがさらなる追い討ちをかける。

「この世界に魔法少女は最初からどこにもいない。あるのは魔と、それに反応して魔人になるヒトだけだよ。それとも他に魔法少女を見たことでもあったかい？」

「だ、だって、あのとき魔法少女になれるのはわたししかいないって」

「ごめんねぇ、お姉ちゃん騙してたの。魔法少女って伝えた方が、シアが頑張って戦ってくれそうだったから、ありもしない存在をでっちあげて、シアにはそれになったことにしてもらおうって。結果としてシアは強くなったわ、魔人少女としてねぇ」

「うそ……」

自分が最初から魔人だった？

魔法少女なんてものは最初からなかった？

なら、自分は今まで何のために――。

「嘘だ！　嘘だぁ……！　わたしが……わたしが魔人なんて嘘だっ！」

「嘘なのは魔法少女のくだりだよ。『魔』と反応した『人』は、文字通り『魔人』になる以外にないんだから」

「うるさ――いっ！　わたしは魔法少女なのっ、こんな奴とはちがうのっ！」

あくまでもメアを殺そうと、落ちたフープを拾い上げ構えるシア。

だがそこで、校庭にやってきた者たちが視界の端に映る。

(さ、さっきの魔人たち……)

シアを気絶させ、ここへ連れてきたと思われる三人の魔人。

自分の目の前で魔人へと変貌した、人間たち。

「ああそうだ、いつかのホームレスが魔人になったことをシアは気にしていたね」

それについても答えておこうか、とクロケルは言う。

「淫紋は絶頂すると大量に魔力を漏出させるよね。搾精時にシアがイってた時の魔力はどこへ流れていったのかな？」

「ま……まさ、か……」

最悪の可能性が頭をよぎり。

ご明察の通りさ、とクロケルは言った。

「君がイったときに漏れた魔力は、すぐそばにいた人間に流れ込む。魔を伴った力、すなわち魔力がね。その代わりに君は彼らからの快楽を魔力に変換してパワーダウンを防いでいたけれど、同時に男性への魔力譲渡もしてしまっていたのさ」

河川敷でホームレスと交わった際、彼は突然魔人となって詩愛を犯し始めた。

そうでなくても負のエネルギーに満ち満ちて、いつ魔と反応して魔人になってもおかしくなかった浮浪者に、詩愛が淫紋から魔を流していたせいでそれと反応、魔人化への決定的な一手となったのだ。

「あの時に薄々気づいていたんじゃないかい？　自分とのエッチで、あのホームレスは魔人になったんじゃないか、って」

どこかで分かっていた。

だが信じたくなかったのだ。

自分が、自分のせいで魔人を生み出していたということを。

「い、いや……いやぁあああああぁ！」

「魔人とのセックスは気持ちよかっただろう？　大量に流し込まれた負の精液で、君はますます淫乱になると同時に、穢れた魔を集めた。魔人の君には最高の栄養だろう」

「うるさいっ、うるさいぃい！　魔人じゃないっ、わたしは魔人じゃない――っ！」

だがいくら喚《わめ》いても、魔人ではない証拠がどこにも見当たらない。

そればかりか、魔人であった裏付けばかりがあとからあとから生じてくる。

(もうやだっ！　もうやだぁ！)

どこまで自分を絶望させれば気が済むというのか。

どこまで残酷な事実を突きつけるというのか。

だがメアとクロケルは、まだまだ語り続ける。

「そうしてエッチになったシアは、自分から精液を求めて強くなって……あの日の私への怒りで、蓄積された魔が強い負の感情で一気に爆発したの」

「それが決定的な転換点さ。君は残忍な性格に……魔人本来の性格に一気に近づき、敵は容赦なく殺害し一般人まで巻き込むようになっていった」

そうなってしまえば、元の心優しい自分には戻ろうと思ってもできない。

精神が汚染されきり、魔人としての道を進むしかない。

（うそだ……うそだぁ……）

やがて、先ほどの三人だけではなく、詩愛にこれまで搾精されていた人間たちがゾロゾロと校庭に集まってくる。

亡者の行進のごとく、半壊して当分の間休校となった学園に。

そしてシアが放っている魔に触れ、呻き声からの咆哮とともに次々と変貌していく。

「に、人間たちが……みんな、魔人に……」

「お姉ちゃんがみんなに話をして、ここに呼び寄せたのよ。これがシアのしてきたことの結果」

「全部シアが魔を送って、魔人に近づけていた人間たちさ。魔人のシアの魔を、ね。それがようやく花開いて、晴れてシアを犯す魔人になったんだ。いっぱい返してもらうといいよ、君の欲しかった陵辱と快楽をね」

「あ……ああ……」

自分は何ということをしてしまったのか。

クロケル――メアの口車に乗せられ、最初から叶うはずのなかった「メアを元に戻す」

目的のもと男たちから精液を搾り取り、その代わりに自らの、ひいてはメアの魔を彼らに与えて魔人化を促して。

それが今こうして、最悪の形で結実してしまう。

絶望が、恐怖が、シアの脚から力を抜いていく。

(なんで……こんなことに……)

こんなはずではないのに。

姉を元に戻して幸せな日々を勝ち取るはずだったのに。

搾精も、セックスも、そのために耐えてきたのに。

このような結果を求めていたわけではないのに。

「……そうそう、クロケルはもう役目を終えたし要らないわね。これからはシアを直接、誰よりも近いところで見られるんだから」

「ま、待っ……」

シアが制止しようとする間もなく、使い魔の姿が消えていく。

黒い魔力の粒子になって、メアの右目に吸い込まれていく。

「お別れだねシア。ボクは役目を果たせたしお姉ちゃんの中に戻るわぁ。今まであなたのことをずっと見られて嬉しかったな、クロケル本当に幸せよ。うふふふふ、あはははは！」

「そん、な……クロ……！」

もともとメアの一部だった彼は、彼女の中へ再吸収されて消滅した。

残ったのは悪の元凶と、その手下である魔人たちだけ。

ここに人間は誰もいない。

メアも、そしてシアも——魔人で。

魔人たちの淫らな宴が、始まろうとしている。

勃起した生殖器をみなぎらせ、雌魔人のシアを犯そうとする雄魔人たちが迫ってくる。

「いっぱい気持ちよくしてもらって、お姉ちゃんの計画の最終段階に協力してね。うふふふっ、あはははは！」

「ひっ……きゃあああ！」

彼女の笑い声を皮切りに、一斉に魔人が襲い掛かってくる。

変身していても攻撃できないシアには、どうすることもできない。

四方から囲まれて、腕と脚を掴まれ、地面に引き倒されてしまう。

「やめて！　やめてっ！　お願いっ、怖いっ、やだ、やめてぇええ！」

「へへへ、お前が俺たちをこうしたんだ！　お前がスケベなことするから！」

「責任を取るんだよおい、責任をよ！　人のこと魔人にしやがってよ」

これまで戦ってきたようなベーシックな魔人もいるが、彼らの半数以上は見たこともない大きさ及び形状を持つ異形。

搾精生活の後半になればなるほど、シアの魔力が大きく流し込まれた「魔」も濃い。

加えてシアはどんどん精神状態が悪化していったため魔が穢れていることもあり、それらを送り込まれた男性が限界を迎えた際に、より強大で凶悪な風貌の魔人に変わるのは自明の理だった。

「ひ……いやっ、やだぁ……」

半分馬のような魔人。腕が七本もあり足のない魔人。

巨大な頭が二個あり、身体は幼稚園児以下のサイズの魔人。

どれもこれも、シアが生み出した化け物だ。

「うう……うぁあ……うわぁああ――……んっ」

その異形たちを前にして。

とうとう少女の精神は限界にきて、子どものようにその場で泣き崩れてしまう。

そんなシアの心情などお構いなしに、性欲最優先の魔人たちが鼻息も荒く少女の身体を撫でまわす。

勃起したペニスを、グイグイとその肉に押しつけながら。

「やだっ、やめてっ、やめてぇええ！　こんなのにっ、こんなのに犯されたくないっ！」

「お前がしたんだろうが、俺たちを『こんなの』によ！」

「やめてじゃねえんだよ、さんざん俺らから精液を搾り取りやがってよ！」

脱ぎやすさと挑発性に特化した極小コスチュームはあっさりとはぎ取られ、少女の歳不相応に淫らになりすぎた裸体があらわになる。

ぷるんっとまろび出た乳房は魔人たちの汚らしい手によって乱暴に揉みしだかれ、むにゆむにゅと形を変えて弄ばれる。

「おほーっ、これが魔人少女のおっぱいかぁ。すっかりいやらしくなったなあ」

「俺らが揉んで育てたからな、おっぱいでもイけるようになってるし」

「い、いやっ、イヤぁああ！　ちがうっ、魔人じゃないっ、魔人少女じゃないぃいい！」

魔人、魔人と言葉で自分を責め立てていく雄魔人たち。その言葉を魔人少女は必死に打ち消そうとするも、胸に駆け巡る被虐の快楽がそれを妨げる。

「んあぁっ、気持ちいいっ、おっぱいっ、おっぱいそんなにっ、やだぁ！」

「魔人といっても中等部生だからな、張りのある食べ頃おっぱいがたまんねぇよ」

雌肉袋を揉みしだかれ、桜色の乳首をつままれ弾かれる。それだけで別々の快楽が胸から脳へ絶えず送り込まれ、少女に甘い声を上げさせ身体をよじらせる。

「んんっ、あっ、だめっ、おっぱい……んぁああ！」

「へへへ、俺らはこっちを責めさせてもらうぜ」

シアが胸での快楽に翻弄されているなか、何体かの魔人は腕を変質させ、多種多様な触手を伸ばして彼女の全身を撫でまわしていく。

ブラシ状触手は少女の股間を執拗に撫でこすり、カップ状になっている触手は乳首に吸いつき、えげつない音を立てて吸引していく。

「やっ、やだぁあ！　ちくびっ、おっ、おまんこっ、ダメっ、やめてぇええ！　んぅう触手やだっ、触手でぐちゅぐちゅされるのダメなのぉおお！」

「大喜びじゃねえか。やっぱ魔人だから魔人の触手が大好きなんだよな」

「ちがうっ、わたしは魔人じゃないっ、魔人じゃないのぉお！　んぁああしゅごっ、おまんこずりゅずりゅするのだめっ、つぶがっ、つぶつぶがこすれてぇええ！」

細長い触手は尻穴へ侵入し、腸内を優しく弄りまわして体内から雌の快感を与え。

口の中に入ってきた触手が、消化器官まで性器とするかのようにシアの体内で上下する。

「んむううっ、んんっ、んんん――っ！　んむっ、んぶぅうう！」

胃カメラを突っ込まれているように苦しいのに、下半身に流し込まれる快楽がそれを中和するどころか快感へ変換させていきシアの感覚を麻痺させていく。

（やだこわいっ、苦しいのに気持ちいいっ、苦しいのが気持ちよくなっちゃうぅぅう！　こんなのしらない、このままじゃホントにダメっ、ダメになっちゃうぅう！）

苦痛すら快楽にされてしまう自らの身体。

淫らに染まりきった、魔人少女の肉体。

それに振りまわされ、もはやシアの理性は霧消寸前だった。

「ほれチンポ咥えろオラ？　人間のチンポより魔人のチンポの方が美味いだろ？」

「魔人は魔人のチンポしゃぶるのが自然だからな」

「んんむうっ、んむぶぅううっ！　んんっ、んんんっ、んん――っ！」

ようやく胃を犯す触手を引き抜かれたと思ったら、今度は人外のサイズの生殖器が人間サイズの魔人少女の口にねじ込まれる。

粘膜を削り取っていくような暴力的な口腔内性交に、顎が外れそうになる苦痛を味わいながら強制奉仕させられる。

苦痛のはずなのに、下半身や胸に叩き込まれる快楽がそれを中和させ、逆に奉仕による満足感を覚えてしまう。

「おお？　嬉しそうにチンポしゃぶってら」

「やっぱり同じ魔人だし、魔人のチンポの方が美味しいんだよな！　な！」

（ちっ、ちがうっ、ちがうのにぃい！　魔人じゃないのにっ、嫌なのにっ、このおちんぽっ、このおちんぽ美味しいっ、おいしいのぉ……）

嫌なのにやめられない。

ペニスを身体が求めてやまない。

内に眠る淫らな本性を完全に開花させられてしまい、もはや手遅れだ。

「オォオ、出すぞ、シアの口の中に魔人になった俺の精液出すぞオラ、ウォオオオ！」

ぶびゅべびゅるっ、どぶぼばびゅぐるるるっ、ぶびゅううう！

溶岩のような白濁が口の中を焼き尽くし、そのままゆっくりと灼熱の塊が食道を流れ落ち、先ほど触手に犯された胃に滞留していく。

（あ、あつい、口の中っ、お腹が、精液であったかくなってぇええ……身体がよろこんでるっ、精液で嬉しくなってるのがわかるよぉ……）

「ほらシアちゃん手がお留守になってるぞ、口だけじゃなくて全身使ってチンポ気持ちよ

くしろ魔人女！」

「俺はこのピンクの髪も使お。うほっサラサラで柔らかくて、髪コキで……うっ！」

ぶゅぐりゅるるっ、びゅっ、ぼぶびゅっ！

どっぶばべびゅるる、びゅばぶぼりゅうっ！

ぼびゅっ！　どびゅっ、ぶりゅりゅるる！

（ああっ、あついっ、うれしいっ、せーえきうれしい……）

口だけではなく全身に、熱く汚い欲望の塊が注がれる。

淫紋の効果でどんどん魔力が増していくが、それも今やシアにとって何の意味もなさない。次々と突きつけられるペニスに、いつ終わるとも知れない連続奉仕を強いられる。

（たすけ、て……だれか、たすけてぇ……）

シアは快楽の中で必死に叫んだが、誰も助けてくれない。

大切なパートナーは、元から存在しなかった。

誰もシアに救いの手を差し伸べる者はない。

（たすけてくれないと、ほんとにわたしおかしくなっちゃう……二度と戻れなくなっちゃうよぉ……気持ちよくて、帰れなくなっちゃうよぉ……）

魔人少女はこのまま、本能と欲望のままどこまでも堕ちて沈む定めなのだ。

一発射精されるたびに、シアはビクビクと身体を震わせて快感に溺れる。

気持ちいい。

無理やり犯されて、魔人たちの道具にされて気持ちいい。

あとからあとから湧いてくる魔人たち。

みんなシアが搾精し、魔を送り込んでいた人間たち。

「ああ……まだいっぱいいいる、わたしを犯したくて集まってきた魔人《ひと》たち……うう……こんな、こんなこと……」

魔法少女なんて最初からいなかった。

自分はクロケルの――メアの魔力を注ぎ込まれた時点で、魔人だったのだ。

すべてメアの計画のために戦わされていただけ。

「わたしが……わたしのしてたことは……」

「意味がなかったんだよ！　何もかも無駄だったんだよ！」

「人々を守るはずの魔法少女が、俺らと同類だったなんてなあ、こりゃ傑作だぜ！」

（わた、しは……まじん……いみが、ない……）

魔人。魔法少女ではない。こいつらと同じ。

破壊と殺戮、そして快楽を求める汚らわしい存在。

自分が倒すはずだった存在。

自分は、その魔人だったのだ。

だから、自分がやってきたことも無意味で。

魔人が魔人から人を守るなど、最初からあり得ないこと。

魔人によって壊されるこの世界の中で描かれる、ほんの慰みの虚構の演目。

自分は偽りの舞台の上で踊っていた、ただの道化だったのだ。

「そっか……あはは、あはははは……」

そう思ったら、何かが切れた。

今までの自分を形成していたものが、音を立てて崩れ落ちた。

そんな感覚を一瞬だけ得て。

「わたしは魔法少女なんかじゃなかったんだ、最初からこの人たちと同じ魔人で……私が守ろうとしていた世界なんて最初からどこにもなかったんだぁ……きもちいいこと、こわすこと、ころすことのほうがたのしいんだぁ……」

少女は涙を流しながら、笑い声を虚空に響かせる。

ようやく自分の正体が分かったのだ。

それまでずっと大切にしていたものが空虚だと分かり、すがすがしい気持ちになり。

ただ、ただ、笑みが零れる。

「あははっ、ちょうだいっ、もっとおちんぽっ、せーえきちょうらいぃいい！　これすきっ、まじんのせーえきすきっ、もっと、もっとぉおお！」

精液が浴びせかけられていく。

魔力だけがどんどん溜まっていく。

使い道のない淫らで穢れた魔力が、右肩上がりで跳ね上がっていく。

姉と融合するための最終段階として、シアの力は増大していき。

「……そろそろ、ね」

それが規定値に達したと判断したメアは、少し離れたところから掌をシアたちに向けた。

「へへっ、もう我慢できねえや。シアのマンコに挿入《い》れさせてもらうぜ」

「じゃあ俺はケツ穴を使わせてもらうか。魔人のケツマンコはさぞかし具合がよさそうだ」

折しも魔人たちが、まさに妹の膣に巨大ペニスをねじ込もうとしていたその時に。

「んっふふふ……はい、用済み。それ以上私のシアに触れちゃダメ。死になさい」

紫色の閃光が迸り、魔人たちが次々と焼き焦がされて朽ち果てる。

悲鳴を上げて崩れ落ちる魔人たちと、彼らの陵辱から解放されるシア。

「ふぇ……なに？　きもちいいの、やめないでぇ……」

精神も肉体も限界を超え、ドロドロに穢されたシアに、メアはゆっくりと近づいて言った。

「最後の最後は、私の手で……そうでしょう？　お姉ちゃんといっぱい、気持ちよくなろうねぇ、シア」

「メ……ア……おねえ、ちゃ……」

優しい声が聞こえた。

いつも自分に触れてくれた、優しい手があった。

意識朦朧で心神喪失していたシアが、深い深い闇の中に差し伸べられたその手を掴むのに理由はいらなかった。

（そっかぁ……わたし、なにもなくしてなかったんだ……だいすきなおねえちゃんが、ちゃんといてくれてるもん……）

最愛の姉が。

たった一人の大切な家族が。

ちゃんと、ここにいるから——。

「おねえちゃん……わたしね、もうなにがなんだかわかんなくなっちゃった……」

「いいのよ。シアはいい子だもんね。お姉ちゃんと一緒にいれば、もうなんにも怖いことなんてないんだから。だから……みんな殺して、二人だけで生きようねぇ」

「ほんと？　いいの？　おねえちゃんといっしょにいて、いいの……？　そっか……じゃあ、わたし、もうなにもかんがえなくてもいい？」

「ええ……おいで。なにも考えずに、快楽だけを求めて……」

完全に心が壊れた妹に、暗い慈愛の微笑を湛えてメアはシアを抱きしめて。

シアは安心したように笑みを浮かべ、最愛の姉を抱き返す。

「ふふっ、本当にかわいい……シア、キス……しましょう」

「うん……おねえちゃん」

もはや妹に姉を拒む理由はなかった。

最愛の姉と口づけを交わすことに、なんの躊躇いがあろうか。

シアは自分からメアの唇を求め、姉のそれがゆっくりと重なる。

「んっ、ふぅ……あむっ、んぷぁ……」

「んんっ、あふ……っちゅ、んむぅ……っ」

これまでのどのキスよりも甘美で、優しくて、淫らだった。

メアはシアを求め、シアはメアを受け容れて口の中で愛しあう。

互いの舌が蛇のように絡み、唾液が互いの中へ送り込まれ、姉妹はそれによってますます高まっていく。

やがてメアは接吻を続けながら、無数の触手でシアの胸を優しく揉みほぐし、乳首を吸い上げる。

その甘い刺激にシアの肢体はビクっと跳ねるも、それでいて姉とのキスをやめようとはしない。

さらにメアは触手を伸ばし、ブラシ状触手で妹の秘所を撫であげていく。

さすがにこれは気持ちよすぎたのか、シアは口を離して嬌声を上げたが、メアは妹のその反応にますます気をよくして愛撫し続けていく。

「ああっ、おねえちゃ、らめ、それらめぇええ！」

「うふふふっ、気に入った？　もっとよくしてあげる」

夜の校庭に淫らな水音と、少女の喘ぎ声が響く。

膣を撫であげ、肛門をくすぐり、胸を揉みしだく。

自らの歪みきった愛情が変化したメアの触手が、大切な妹を余すところなく愛でていく。

そして、十分に準備が整ったと見るや。

メアはぬらついた一番太い触手を、シアの眼前に見せつけながら言う。

「シア……犯してあげる。最後にいっぱい、お姉ちゃんの愛を注いであげる」

「おねえちゃん……きてっ、しあのこといっぱいきもちよくしてぇ」

もはやまともな思考力を持たないシアは、姉の甘美な誘いに疑問すら抱かない。

とろけた瞳で姉のペニス状触手を見つめ、顔を寄せてちゅっと口づけする。触手が嬉しそうにびくんと跳ね、メア自身も「んんっ……」と身をよじらせた。

すでにシアの淫らな身体は、姉を受け容れるべく準備を整えている。

「挿れてあげるね。お姉ちゃんの触手、一番奥まで……」

「んあっ、おねえちゃんの……はいって、はいってきてるぅ……！」

自前の腕と何本もの触手が、妹の身体を空中で抱き支え。

妹の一番大事なところに、中央の最も太い触手がぬぷぬぷとねじ込まれていき。

それが子宮口を突いた時、シアはそれまでの魔人陵辱とは比べ物にならない甘美な絶頂を味わい、のけ反りながら痙攣する。

「ああっ、おねえちゃんっ、おねえちゃぁああん！　イクイクイクっ、イっくぅうう！」

「もうイっちゃったの？　お姉ちゃんの触手おちんぽがそんなにいいの？　うれしい……いっぱい、いっぱい犯してあげる」

それが嬉しくて、冥愛は妹膣に挿入していた極太触手を荒々しくピストンさせる。

絶頂のさなかにある魔人少女が、この激しい快楽に耐えきれるはずもない。

どちゅどちゅぬっぢゅ、じゅっぷじゅっぷぬじゅっぷんっ！

「あはぁああ――――！　らめらめらめっ、おねえちゃんらめぇええ！　しゅごいっ、しょくしゅちんぽしゅごいっ、もうなにもかんがえられないぃいいいい！」

「いいの、考えなくていいの！　シアはお姉ちゃんのことだけ、お姉ちゃんと愛しあうことだけ考えてぇ！　気持ちいいっ、お姉ちゃんシアのおまんこ気持ちよくて幸せっ、シアも幸せでしょう？　ねぇシア、シアぁあ！」

「しっ、しあわせっ、しあわせぇええ！　おねえちゃんとえっちしてっ、おねえちゃんにきもちよくしてもらってっ、シアしあわせなのぉおお！　もっともっとっ、もっとちょらいぃいいい！」

幸せ。

それ以外に、何も感じられない。

最愛の姉と愛しあうことのどこに、間違いがあるのだろう。

(わたし……なんかすごいバカなことしてたきがする……さいしょから、こうしてれば……おねえちゃんと、あいしあっていればよかったんだぁ……)

もう二度と戻れない快楽の奔流に呑まれ、シアは終わることのない姉妹レズ絶頂を味わい続ける。

ほどなくして物欲しそうにヒクつく肛門にもメアの触手が伸びてきて、前後の穴で姉の愛を受け容れて、さらに少女は背徳悦楽に溺れていく。

「イクっ、お姉ちゃんイっちゃうっ、シアも一緒にイキましょうっ、あぁぁイクイクイクっ、イっくぅううう！　シアっ、シアっ、シアぁあああ！」

「ああ――っ！　あーっ、おねえちゃん、おねえちゃあああん！　シアすごいのきちゃうっ、すごいのきぢゃうのぉおおお！　おねえちゃんっ、おねえぢゃぁあああんっ！」

そうして、魔人少女姉妹は互いに抱きあって口づけを交わしながら、禁断の極みとなる姉妹レズ特大絶頂に登り詰める。

ぶどぼべりゅっぶりゅぐるるるるるっ、ぼぶばっびゅぼびゅぐりゅぅうううううっ！　どっっっっぶびゅるべゅっぐびゅるるばびゅっ、ぶばびゅるるるるるっぶびゅぐるる！

「おねえちゃん、おねえぢゃぁあああああ――ん！　すきっ、すきっ、だいすぎぃいい！」

「シアっ、シアぁ、シアぁあああ！　私も大好きっ、愛してるのっ、愛してるのぉおお！」

すべてが壊れたような気がした。

もう何もかもなくなり、決して元に戻ることはない。

まどろむように堕ちゆく快楽のなかで、シアはそれを悟り。

ふとその時、遠い昔の記憶が蘇った。

――おねえちゃん、ねむれないの。こわくて、さみしくて、ねむれないの。――

――あらあら、じゃあお姉ちゃんと一緒に寝ましょうか？　ほら、おいで。――

――おねえちゃん……すき。あったかくてやさしくて、だいすき……――

――ふふっ……私も大好きよ、詩愛。お姉ちゃんが守ってあげるからね。ずっと、ずうっと、ずっとずっと……――。

（あぁ……あのときみたいに、おねえちゃんがそばにいてくれる……）

怖い夢を見た時も、次の日に学校に行きたくない時も。

いつもいつも守ってくれたのは、この優しい姉だった。

彼女は、自分たちの両親が魔人に殺された夜、詩愛を抱きしめ泣きながらこう言った。

あの時の言葉は、いつまでも覚えていた。

――大丈夫。詩愛だけはお姉ちゃんが、何があっても守るから。――

――どんな罪を犯してでも、詩愛だけは守ってみせるから。――

そして今、こうしてまた守ってくれる。

一緒に眠ってくれる。

永遠に一緒にいてくれる。

それが嬉しくて、嬉しくて。

「おねえちゃん……だいすき……」

甘いまどろみの中、シアがそう呟いた途端。

彼女の全身がドス黒く輝き、背中がパックリと割れてそこから幾条もの光が迸り。

それに呑み込まれながら、メアは静かに涙を流して歓喜していた。

今までの狂気に満ちていた調子ではなく、穏やかな笑顔と声色でもって。

「ああ……とうとう来たのね、シアと一つになる時が……お姉ちゃん、本当に幸せ……これでシアを永遠に守れる。あの夜に、シアに誓った約束を果たせるの……」

何があっても守る。

どんな罪を犯してでも。

それが、ようやく実現するのだ。

だから今、自分は――幸せなのだ。

「壊しましょう。殺しましょう。そして永遠に愛しあいましょう、私の愛しい愛しい詩愛……！　お姉ちゃんと、ずっとずっと一緒に……！」

「うん……おねえちゃん……」

そうしてシアは自分ごとメアを魔力で包み、二人は一つの巨大な塊となって半壊した校舎に張りついた。

それはまるで、蛹のように。

陽暈学園が半壊し、校舎に巨大な魔力の蛹が生まれてから数か月。

人類は突如出現した謎の物体を幾度も排除しようとしたが、そのたびに蛹から放たれる光に焼き払われて多大な犠牲を払いつつ失敗に終わっていた。

それどころか蛹は胞子のように濃い「魔」を噴き出しばらまき、周囲の人間を次々と魔人に変えてしまう。彼らは巨大な魔の塊である蛹に吸い寄せられるように学園跡地へやってきて、それを蛹は吸収し取り込んでいく。

取り込まれた魔人は出てこずに、蛹はますます膨らんでいく。

このままあの蛹が羽化してしまえば、間違いなく人類史上最大の危機に瀕することが分かっていながら、どうすることもできずにその時が迫ってくる。

ドクン、ドクンと脈打つ巨大蛹からは時折、人間のような声がする。

「ねえ、おねえちゃん……あとどのくらいかかるの？」

「そうねえ……もう少しかなあ」

その中ではドロドロに肉体が溶け合い、もはや形をほとんどとどめていないシアとメアが、仲睦まじく絡み合っていた。

どちらの望みでもある、二人で一つになって永遠に愛し合うという願いのもと。

「しあ、はやくにんげんころしたいなあ」

「うふふ……焦っちゃダメよ。もっと魔人を吸収して、生命力を得ないと……そうしたら、永遠に詩愛と愛しあえるからね。それまで、もっと……もっと気持ちよくなりましょう」

そこまで言ってメアだった塊は一呼吸置き、自分と一体化しているもう一つの塊に問い。

「ね、詩愛……お姉ちゃんのこと、好き？」

「うん、しあ、おねえちゃんのことだいすき……おねえちゃんといっしょに、ずーっといっしょに、いっしょに……いつまでもふたりでひとつのまま、くらすの」

「うふふ……お姉ちゃんも大好き。永遠に一緒よ、私の可愛い、可愛い詩愛……」

シアの塊がそれに答えると、メアの塊は満足そうに、静かに目を閉じていき。

それからさらに半年後。

ついに限界まで膨れ上がった蛹は中央から裂け、中から超巨大な蛾を思わせる翅のついた双頭の魔獣が羽化してきた。

ヒトだった頃の面影はなく、ただ破壊と殺戮だけを求める超巨大魔獣。

それが世界を、そして人類をことごとく焼き尽くし、彼女らの望みだった永遠の楽園という名の焦土を作り出すまで、大して時間は必要としなかった。

もはやシアの意思もなく、メアの意思もなく。

ただただ笑い声を上げながらすべてを壊し、殺すだけの魔獣によって。

人類は、その歴史に幕を閉じゆくのだ。

あとがき

はじめまして、もしくはお世話になっております。この度は拙作をお手に取ってくださいまして誠にありがとうございます。

魔法少女って可愛らしいですよね。変身ヒロインと比べてどちらかというと健気な感じが強くて、胡散臭い使い魔がいて、そんな愛らしい女の子は是非とも心をバッキバキにへし折られてしかるべきだと思うのです。

そんな感じで書いてみましたシアの話、楽しんでいただけましたら嬉しいです。

それにしても一昨年の初夏に高熱で倒れて唐突にエッチな文章を書き始めるようになってから一年半、少しは成長できましたでしょうか……。

今後も更なるインプットとアウトプットを繰り返し、より皆様の股間に来るような小説が書けたらと思っております。

最後に、二冊目を出す機会を与えて頂きましたKTC様、まだまだ駆け出しの私に全般にわたってご尽力頂きました担当様、可愛くもエッチなイラストを手掛けてくださいました露田様、いつも応援してくださる読者の皆様に、まとめてで大変恐縮ですが深謝いたします。

それでは、また別の場所でお会いできましたら幸いです。

二次元ドリームノベルズ　第410弾

2DREAM NOVELS

FTB!
～ふたなりちんぽタッグバトル～

ふたなり少女の天音美結は、転校先の学園でFTB部と出会う。FTBとはふたなり同士がイカせ合い、負けた方が陵辱されるスポーツである。入部を決めた美結は天才ちんぽファイターの冴香による稽古を経て、立派なファイターへと成長してく。そして二人はFTBの大会に出場することを決意。男顔負けの剛直ペニスによる攻撃、卑劣な催眠攻撃、Wふたなり責めといった様々な技を持つ強豪達を相手に、美結と冴香はちんぽファイターの頂点に立つことができるのか!?

小説：下山田ナンプラーの助　挿絵：シロクマ A

好評発売中

魔法少女シア
狂愛と搾精に溺れる乙女

2019年3月9日　初版発行

【著者】
下山田ナンプラーの助

【発行人】
岡田英健

【編集】
餘吾築

【装丁】
マイクロハウス

【印刷所】
図書印刷株式会社

【発行】
株式会社キルタイムコミュニケーション
〒104-0041　東京都中央区新富1-3-7ヨドコウビル
編集部　TEL03-3551-6147／FAX03-3551-6146
販売部　TEL03-3555-3431／FAX03-3551-1208

禁無断転載 ISBN978-4-7992-1228-8　C0293

本作品のご意見、ご感想をお待ちしております

本作品のご意見、ご感想、読んでみたいお話、シチュエーションなどどしどしお書きください！
読者の皆様の声を参考にさせていただきたいと思います。手紙・ハガキの場合は裏面に
作品タイトルを明記の上、お寄せください。

◎アンケートフォーム◎　**http://ktcom.jp/goiken/**

◎手紙・ハガキの宛先◎
〒104-0041 東京都中央区新富 1-3-7 ヨドコウビル
(株)キルタイムコミュニケーション　二次元ドリームノベルズ感想係